AF315229

LES

LANTERNISTES.

TOULOUSE, IMPRIMERIE DE A. CHAUVIN,
Rue Mirepoix, 3

LES
LANTERNISTES

ESSAI

SUR LES RÉUNIONS LITTÉRAIRES ET SCIENTIFIQUES QUI ONT PRÉCÉDÉ,
A TOULOUSE, L'ÉTABLISSEMENT DE L'ACADÉMIE DES SCIENCES.

PAR LE DOCTEUR

DESBARREAUX-BERNARD

PARIS.

J. TECHENER, LIBRAIRE,

RUE DE L'ARBRE-SEC, PRÈS LA COLONNADE DU LOUVRE.

—

MDCCCLVIII.

A MON AMI JULES RENOULT.

D.-B.

En 1849, l'auteur de cet *Essai*, après avoir
réuni divers documents sur les Lanternistes,
lut à l'Académie des Sciences, Inscriptions et
Belles-Lettres de Toulouse, un opuscule qui fut
inséré, la même année, dans les Mémoires de
cette Compagnie.

Depuis cette époque l'auteur, ayant continué
ses recherches, a rassemblé de nombreux détails biographiques et littéraires qui ne sont
peut-être pas sans intérêt.

Encouragé par quelques amis, et profitant
des loisirs d'une longue convalescence, il s'est

décidé à refondre son premier mémoire, à joindre, au résultat de ses nouvelles investigations,
les notes anciennement recueillies, qui n'avaient
pu trouver place dans une lecture académique,
et il a complété ainsi, autant qu'il l'a pu, le
tableau des vicissitudes et des luttes qu'eurent
à subir, pendant près d'un siècle, les précur-
seurs de l'Académie des Sciences de Toulouse.

Août 1858.

LES

LANTERNISTES.

I.

Les réunions littéraires ont existé dès qu'il y a eu des littérateurs ; mais je crois que cette institution, comme juge et gardienne des connaissances scientifiques, appelée à en régler et à en diriger, d'une manière suivie, le mouvement progressif, est une idée toute moderne, qui fut toujours inconnue aux peuples anciens.

Ce que nous trouverions chez eux, ce sont, à
toutes les époques où la civilisation et la paix favori-
saient le développement des lettres et des sciences,
des réunions de philosophes, de poètes ou de pen-
seurs, qui, apportant chacun leurs idées, leurs travaux, leurs systèmes, cherchaient, dans de sérieuses
et calmes controverses, à étendre, à perfectionner
leurs théories, et à les dépouiller surtout du caractère exclusif que donne presque toujours à la pensée
le travail isolé (1).

------

(1) J'écrivais ces lignes en 1849. Dans un rapport lu, le 2 mars
1858, à l'Académie impériale de Médecine, le docteur Bouvier a
exprimé si clairement la même pensée, que je crois devoir citer, à
l'appui de mon opinion, les paroles de cet éminent confrère qui fut
mon condisciple et mon camarade d'internat :

« Dans les temps anciens, l'autorité en matière scientifique était
» représentée par des individualités dont les noms sont parvenus jus-
» qu'à nous : c'étaient, pour la Grèce, Platon, Aristote, Epicure.
» Dans les temps modernes, la science, plus étendue et ne pou-
» vant être embrassée dans sa complexité par un seul homme, a
» cherché son autorité dans des collections d'individus, d'où la nais-
» sance des Académies. Celles-ci ont, sur les personnalités antiques,
» l'avantage de se conserver éternellement jeunes, grâce à la facilité
» qui leur est offerte de faire entrer sans cesse des travailleurs actifs
» dans leurs cadres que le temps éclaircit. »

Il ne faudrait pas croire, cependant, que dans ces réunions on abordât toutes les branches des connaissances humaines. Les sciences naturelles, encore dans l'enfance, n'étaient cultivées que par quelques hommes d'élite, comme, par exemple, Aristote ou Pline. Ces génies privilégiés, obligés, par la rareté des livres spéciaux et l'absence de collections, de se livrer à de longues et pénibles recherches, auraient sans doute bien pu communiquer à ces assemblées leurs travaux et leurs découvertes, mais n'auraient probablement rencontré ni des auditeurs suffisamment préparés, ni les éléments d'une discussion scientifique.

Il devait en être de même des sciences mathématiques, qui, privées des instruments et des admirables procédés d'abréviation, dont les ont dotées les siècles modernes, ne pouvaient, à l'aide d'expériences et de théorèmes faciles, prouver à l'instant même la vérité de leurs propositions.

L'histoire d'ailleurs confirme ici pleinement ma théorie; et en invoquant tout-à-l'heure les témoignages que nous ont transmis, sur ces matières, quelques auteurs de l'antiquité grecque et romaine, nous arriverons à ce résultat, que, dans les réunions dont le souvenir nous a été conservé, on s'occupait souvent de questions de philosophie ou de politique, et, plus souvent encore, de matières purement littéraires, telles que la grammaire ou la poésie.

La vivacité de l'esprit grec se serait difficilement prêtée d'ailleurs à la lenteur et à l'aridité des discussions scientifiques. Une tendance instinctive devait attirer de préférence les Grecs dans les écoles des sophistes et des rhéteurs, où le talent du maître, l'attrait de la controverse, la facilité accordée à tous de prendre part au débat et de recueillir les applaudissements d'un public compétent, les initiaient rapidement aux artifices de la parole et leur aplanissaient les abords de la carrière politique.

Pendant la période brillante des républiques grecques, les réunions littéraires ne sortirent pas des formes traditionnelles de l'enseignement philosophique. C'était toujours un chef d'école, un maître dans l'art de la parole, Gorgias ou Isocrate, qui, complétant ou rectifiant par la dialectique les propositions successivement émises, s'attachait à en faire jaillir la vérité.

II.

Ces luttes remarquables, propres à former des
logiciens ou des hommes de tribune, étaient aussi
loin que possible de la forme académique. Pour trouver quelque chose qui se rapproche de ce que les
modernes appellent Académie, il faut arriver jusqu'à la chute de l'empire d'Alexandre. C'est seulement à cette époque, et quand les Ptolémées eurent
fondé sur les bords du Nil, en face d'Athènes déshé-
ritée, une Grèce à leur taille, que les études critiques se développèrent et arrivèrent bientôt à l'état
de science. Si le temps et la barbarie n'avaient pas
détruit la majeure partie des travaux scientifiques et
littéraires de l'Ecole d'Alexandrie, nous y trouverions
vraisemblablement des renseignements précieux sur
la question qui nous occupe. Il est, en effet, difficile
de croire que ces littérateurs érudits, mais sans ori-
ginalité (1), ces savants, généreusement rentés et

---

(1) A part Théocrite pourtant, si l'on se range à l'avis des criti-

rassemblés dans un édifice spécial par la dynastie nouvelle, n'ont pas été amenés à se réunir entre eux pour harmoniser leurs travaux et seconder l'impulsion intellectuelle que les nouveaux maîtres de l'Egypte voulaient lui imprimer (1). Avec un pareil but et des éléments semblables, leurs conférences devaient naturellement se rapprocher de la forme académique. D'ailleurs, cette époque et ce pays sont peut-être les seuls, dans l'antiquité, où les mœurs littéraires paraissent avoir eu cette tendance. Malheureusement les

---

ques qui font vivre le poète syracusain à la cour des Ptolémées. Voir, entre autres, **M.** Sainte-Beuve dans les *Derniers portraits littéraires*. Paris, 1852, in-18, p. 7.

(1) « Les Ptolémées rassemblent sept cent mille volumes dans leur bibliothèque, que les rois de Pergame se font un point d'honneur d'égaler ; ils ouvrent le musée aux sciences, à la philosophie, à la littérature des Grecs, qui s'enrichissent et se fécondent des connaissances des Egyptiens. Désormais unies, la sagesse grecque et la sagesse égyptienne s'embarquent sur les vaisseaux et sous le pavillon du commerce pour aller interroger la sagesse de l'Inde ; les savants d'Alexandrie et les brachmanes échangent ensemble les idées de trente siècles ; les civilisations de l'Europe, de l'Afrique, de l'Asie se rapprochent, se mêlent, se font de mutuels emprunts » (*Précis de l'histoire des successeurs d'Alexandre*, par MM. Poirson et Cayx. Paris, 1828, in-8°, p. 25).

documents historiques nous manquent, et nous n'avons, pour appuyer cette supposition, qu'un passage fort court de Strabon, qui mentionne, au nombre des curiosités d'Alexandrie, le Collége de savants fondé au *Museum,* et qui était, dit-il, entièrement consacré à la culture des belles-lettres. Cette espèce de congrégation, richement dotée par les rois égyptiens, était placée sous la direction d'un prêtre qui réunissait à ces fonctions celle d'administrateur du Musée, et qui nommé d'abord par les rois d'Egypte, le fut plus tard par les empereurs romains (1).

III.

Rome qui, dans le domaine de l'intelligence, ne fut que l'ombre de la Grèce, et qui, du reste, vit pendant longtemps avec défiance le progrès d'un genre d'études qu'elle regardait comme dangereux,

______

(1) Vid. Strab. *Rerum geographicarum* lib. XVII. Genève, Eustat. Vignon. 1587, in-f°, p. 546.

ne songea certainement jamais à créer des Académies ; et quoiqu'elle eût trouvé dans Varron, dans
Atticus, dans Pline le Naturaliste, etc., l'étoffe de savants et consciencieux académiciens, la ville reine
s'en tint toujours aux causeries libres et capricieuses
du Portique et des jardins d'Academus. Je viens de
nommer le Portique et l'Académie : ces noms, mal
compris, ont fait croire à quelques critiques et même
à quelques archéologues, que les Romains avaient
connu la forme sérieuse et officielle de nos corps savants ; il n'en était rien, je pense, et les anciens, qui,
moins ambitieux que nous, ont toujours ignoré les
petites jouissances de l'ordre du jour et du procès-
verbal, s'en tenaient, à l'exemple des Grecs, à de
simples causeries sur une matière donnée, où chacun
donnait successivement son avis, jusqu'à ce que la
controverse eût mis en évidence le sentiment qui
devait prévaloir. Mais ces conférences, dont le prin-
cipal caractère était d'être accidentelles et fugitives,
n'embrassant jamais qu'un petit nombre de questions, et le plus souvent des questions philosophiques, ne ressemblaient en aucune façon à nos travaux académiques, où chacun se fait un devoir de

subir le despotisme d'un règlement, et dont le caractère essentiel est l'universalité et la permanence. Nous retrouvons, dans les *Nuits attiques* d'Aulu-Gelle, ce causeur plein de grâce et d'érudition, qui notait tous les soirs ses souvenirs de la journée, le récit de la manière charmante dont les jeunes Romains envoyés, comme lui, à Athènes pour y compléter leur éducation, employaient les loisirs que leur faisaient les vacances des saturnales : « Nous nous assemblions, dit-il (1), un certain nombre de compagnons d'études ; le but de la réunion était un modeste souper de garçons (*cœnulam*) ; chacun à son tour présidait au repas ; celui auquel ce soin était échu, offrait, comme prix d'une question à résoudre, un livre de quelque vieil auteur grec ou latin, et une couronne de laurier. On posait autant de questions qu'il y avait de convives. Le sort décidait l'ordre dans lequel chacun parlerait. La question était-elle résolue ? le vainqueur recevait la couronne et le

---

(1) Auli Gellii *Noctes Atticæ*, lib. XVIII, cap. 2, p. 429. Amstel. D. Elz. 1665.

livre ; sinon, on passait au second que le sort avait désigné, et ainsi de suite jusqu'au dernier. Si personne n'était jugé digne de la récompense promise, la couronne était consacrée au dieu dont la fête avait lieu le jour de la réunion. »

Il serait facile de retrouver à une époque antérieure, dans Cicéron, des traces de semblables conférences littéraires et scientifiques (1). Ce grand homme, comme beaucoup de ceux qui se voient appelés à dominer les agitations politiques, avait senti se raviver en lui l'amour de la retraite, si naturel aux âmes d'élite ; c'était un besoin pour lui de se réfugier sous les frais ombrages de Tusculum, de se perdre dans la lecture de Platon et de Xénophon, d'oublier, avec Varron et Atticus, les soucis toujours renaissants du Forum, les ingratitudes du Sénat et les passions haineuses que soulevaient sans cesse contre lui les factions impies de Catilina et de Clodius. Ces causeries intimes étaient si bien entrées dans ses

____

(1) Voy. Cic. *Academic.*, lib. 1. — *Tuscul.* quæst., lib. 1 et II. — *De Divinat.*, lib. 1 et II.

habitudes, qu'il avait, dans sa villa de Putéoles, fait construire des portiques consacrés à ces exercices, et dont la disposition rappelait celle de l'Académie d'Athènes ; ce qui donnerait à penser que la mise en scène des *Académiques* n'est pas une pure fiction, mais qu'elle pourrait bien être la reproduction corrigée et embellie de conférences qui ont eu réellement lieu entre lui et ses doctes amis. Voici, du reste, les intéressants détails que nous trouvons, à ce sujet, dans l'excellent ouvrage de M. Charles Desobry (1) :

« On vint annoncer à Cicéron que quelques jeunes patriciens arrivaient de Rome pour entendre ses entretiens philosophiques. — Il en vient chaque jour de nouveaux, dit-il en se tournant vers nous. Ils se persuadent que je suis savant parce que j'en sais un peu plus qu'eux. Qu'on les fasse entrer dans mon *Académie*, où nous irons les joindre tout-à-l'heure.

» L'*Académie*, où l'on se réunit l'après-midi pour

---

(1) *Rome au siècle d'Auguste.* Paris, 1835. 4 vol. in-8°, t. III, p. 49.

se promener en philosophant, est une longue allée droite, décorée d'*Hermathènes*, bustes de Minerve et de Mercure, en marbre pentélique et à tête de bronze, et de diverses statues. — J'aime beaucoup mon Académie, me dit Cicéron, et je n'épargne rien pour l'orner. Ces hermès et ces statues que vous y voyez viennent d'Athènes et de Mégare. J'en ai reçu hier de cette dernière ville pour vingt mille quatre cents sesterces.

. . . .

» Alors elle (Tullia, fille de Cicéron) fit apporter des coussins, que l'on rangea à l'ombre devant la statue de Platon. Cicéron fit placer son fils et sa fille à ses côtés, et le reste de la compagnie forma le demi-cercle devant eux. On causa de littérature, et surtout de l'art oratoire, dont notre hôte développa d'une manière admirable les secrets et les ressources. Il termina la leçon par une allusion fort gaie à sa position présente : — J'imite Denys le tyran, nous dit-il, qui, après avoir été chassé de Syracuse, se fit maître d'école à Corinthe. J'ai commencé comme lui à tenir une espèce d'école depuis que j'ai perdu l'empire du forum. »

Rien n'indique donc à Rome l'existence ou même
la probabilité de réunions académiques. Cependant
un doute pourrait naître à l'occasion d'un passage
où Valère-Maxime (1) raconte qu'un certain Julius
César, — qui, d'après un simple rapprochement
chronologique, ne saurait être l'illustre auteur des
Commentaires (2), — étant venu dans une réunion
de poètes, *in collegium poetarum*, le poète Accius,
qui en faisait partie, dédaigna de se lever devant
lui ; non pas, observe l'auteur, par mépris pour la
dignité du noble visiteur, mais pour lui faire sentir
que dans les travaux de l'intelligence, l'homme de
lettres se croyait au-dessus du patricien.

De ce que Valère-Maxime constate qu'il existait à
Rome, avant Sylla, un *Collegium poetarum*, en
faut-il conclure que cette réunion était une Académie ? C'est ce qui me paraîtrait difficile. Comment

---

(1) Vide Val. Max., lib. III, cap. VII.

(2) Il est fâcheux que Valère-Maxime n'ait pas mieux précisé la
qualité du personnage auquel s'appliquerait l'anecdote du poète
Accius. Il est impossible, du reste, que ce soit au grand César, qui,
ayant été assassiné l'an 710 de Rome, n'a pu évidemment être
contemporain d'un homme mort 137 ans auparavant.

un fait de ce genre ne nous aurait-il pas été transmis? Comment n'aurait-il laissé de traces dans aucun historien ?

Il est vrai que, parmi les modernes, il s'est trouvé quelques esprits aventureux qui ont voulu, à toute force, donner une Académie à Auguste, et qui l'ont établie dans la Bibliothèque que cet empereur avait fait construire dans son palais, à côté du temple d'Apollon. L'un des plus explicites, Théodore Marcile, professeur d'éloquence à Paris à la fin du seizième siècle, est allé jusqu'à indiquer le nombre et le nom des membres de cette prétendue Académie (1). Malheureusement son allégation, dénuée de toute preuve, ne peut avoir aucun poids, et doit être reléguée parmi les fables, avec les généalogies fantastiques par lesquelles les historiens de la même époque voulaient absolument nous faire descendre d'un fils de Priam.

La seule conclusion que l'on puisse tirer du passage

______

(1) Voy. la trad. d'Horace de Dacier. *Remarques sur l'art poétique*, t. IX, p. 244.

de Valère-Maxime, c'est que Rome a pu posséder, à un moment donné, une espèce de cénacle poétique; mais on ne saurait raisonnablement déduire de ce fait, et quand tous les témoignages historiques sont muets, qu'il ait jamais existé à Rome autre chose que des assemblées de hasard où se réunissaient momentanément les amis des lettres et les littérateurs pour y lire tour-à-tour leurs ouvrages.

Pline le Jeune (1), ce peintre élégant, mais peut-être trop maniéré, de la vie des Romains au deuxième siècle, nous fournit à cet égard des preuves surabondantes. Ainsi, par exemple, chaque fois que les fêtes publiques amenaient quelques jours de repos, Pline et ses amis se réunissaient pour lire leurs productions récentes ou discuter sur des sujets de littérature et de philosophie (2).

Si nous descendons jusqu'au Bas-Empire, nous

---

(1) V. *Plinii Cæcilii Secundi epistolæ*, lib. III, epist. 7, 10, 12, 18; lib. IV, epist. 7; lib. VI, epist. 6, 15; lib. VIII, epist. 12.

(2) Voir sur les lectures confidentielles et publiques, à Rome, les savantes *Etudes de mœurs et de critique sur les poètes latins de la Décadence*, par M. D. Nizard, t. II, p. 281.

voyons, sous les enfants de Théodose, le pesant Macrobe discuter (1) chez Vettius Pretextat, avec les rejetons obscurs de la vieille aristocratie romaine, des questions d'histoire, d'étymologie et d'antiquité, auxquelles nous ne saurions reconnaître d'autre mérite que celui de nous avoir conservé des fragments d'auteurs dont les ouvrages ne nous sont pas parvenus.

Comme on le voit, les réunions littéraires ont été connues des anciens; mais l'existence de ces réunions sous la forme académique actuelle leur a été toujours étrangère.

IV.

Franchissons la période de décadence de l'Empire pour nous arrêter un instant au règne de Charlemagne. Nous rencontrons en passant la petite Académie qu'il avait créée dans son palais d'Aix-la-Chapelle,

---

(1) Aurelii Macrobii *Saturnaliorum* lib. I, cap. I.

d'après le conseil d'Alcuin, et qui réunissait, disent les historiens complaisants, les plus beaux esprits de la cour. Cette Académie princière ne devait guère être propre à favoriser les progrès des sciences, bien que les membres qui la composaient s'affublassent modestement des noms d'Homère, d'Horace et d'Augustin (1), car toute leur collaboration consistait à apporter quelques versions plus ou moins corrigées des auteurs qu'ils étudiaient. On doit donc regretter médiocrement de la voir mourir sans postérité.

Les cours d'amour, malgré l'influence remarquable qu'elles ont eue sur le développement de la poésie romane, offraient dans leur composition et dans leurs exercices trop peu de gravité, pour que nous essayions de les faire entrer dans l'histoire des origines académiques.

Il en est de même du Collége de la Gaie-Science de Toulouse, qui, par sa fondation, se rattache aux mœurs plus chevaleresques que littéraires du moyen-

---

(1) Charlemagne y siégeait lui-même sous le nom du roi David (Michelet. *Histoire de France*, t. 1, p. 335).

âge, et qui, du reste, ne s'occupait que fort accessoirement et sans méthode arrêtée du perfectionnement de la langue.

Puisque nous avons parlé des cours d'amour et du Collége de la Gaie-Science, nous ne pouvons passer sous silence l'Académie fondée au quatorzième siècle par le savant Geoffroi du Luc, gentilhomme provençal. Elle eut une origine bizarre. Du Luc, irrité des dédains de Flandrine de Flassans (1), son écolière, pour laquelle il avait conçu une violente passion, réunit en Académie les beaux-esprits de la province, — et dans quel but, grand Dieu! — non pas seulement pour s'occuper de belles-lettres, mais surtout

----

(1) Il avoit imprimé en son ame l'amour de cette Flandrine : et depuis laissant courir ces amours folles, s'accompagna de Rostang de Cuers, Remond de Brignolle, Luquet Rodilhat de Toulon, Manuel Balb sieur du Muy, Bertrand Amy, du Prieur de la Celle, Luquet de Lascar, Guilhen de Pyngon Archidiacre d'Orenge, Arturus de Cormes, et de plusieurs excellens personnages Provensaux, s'assemblans tous les jours, faisans une Académie auprès de l'Abbaye de Thoronnet, avec quelques religieux du dict monastere (Jehan de Nostre-Dame. *Les vies des plus celebres et anciens poetes Provensaux* , Lyon , 1575 , p. 206).

pour médire poétiquement des femmes ; et cela dans le temps et sous le ciel même où Pétrarque immortalisait, dans ses chants sublimes, le pur amour allumé dans son cœur par la belle Laure de Noves.

Nous ne dirons qu'un mot des Académies, ou, comme on les appelait autrefois, des *Puys de Palinodz* (1), fondées en Normandie (2) peu de temps après la Réformation. Renfermées dans le cercle rétréci d'un sujet déterminé, elles s'étaient donné la mission spéciale de défendre en vers grecs, latins ou français, et sous la forme, en vogue alors, du Chant royal, du Rondeau et de la Ballade, les Mystères

---

(1) Le mot *Palinod* vient d'un mot grec qui signifie *chant répété*, parce que dans plusieurs pièces palinodiques, le dernier vers de la première stance devait être répété à la fin de toutes les autres, comme dans le Chant royal, la Ballade et le Rondeau (Voy. le *Dictionnaire étymol.* de Ménage).

Voyez aussi *Palinodz, Chants royaux, Ballades*, etc., *à l'honneur de l'immaculée conception de la toute belle mère de Dieu* (*patrone des Normans*), *presentez au Puy, à Rouen*, etc. Paris (Regnault), vers 1525. Pet. in-8°.

(2) Voir la note A à la fin du volume.

divins de l'Immaculée Conception de la patronne bien-aimée des Normands, la Vierge Marie, que la polémique irrévérencieuse des protestants attaquait avec fureur.

Enfin, pour compléter à peu près ce tableau, et pour suivre, de siècle en siècle, la tendance des esprits dans la voie des associations intellectuelles, nous signalerons seulement la société nommée le *Petit puits du mois*, fondée à Lille vers l'an 1480. Cette réunion était composée de plusieurs gens de bien de la ville, tous poètes, prosateurs ou savants. Ils choisissaient entre eux un *Prince de l'année* (1), et le 8 décembre, fête de la Conception, ils inauguraient leurs travaux et faisaient chanter, dans la chapelle de l'Immaculée Conception, une grand'messe solennelle, à laquelle assistaient le *Prince* et tous les membres de la Compagnie. Un grand festin succédait à la cérémonie religieuse. — On le voit, les banquets académiques datent de loin.

____

(1) Le *Prince* était celui qui, l'année précédente, avait donné la plus belle production, soit en vers, soit en prose (Voy. *Annuaire des Soc. savantes.* Paris, 1846, p. 738).

V.

Il nous faut arriver jusqu'au quinzième siècle pour trouver à la cour d'Alphonse d'Aragon, roi de Naples, le premier essai d'une réunion scientifique sérieuse. Grâce à la protection de ce roi éclairé, que nous pourrions appeler, à bon droit, le François Ier de l'Italie, le savant Antonio Panormita fonda son Académie du *Portique*, qui, par le choix de ses études et la sagesse de son organisation, peut réellement être proclamée l'aïeule de toutes les académies modernes.

Cette glorieuse initiative appartenait de droit à l'Italie, qui, après avoir été le tombeau des lettres antiques, devait, par une loi providentielle, être appelée à l'honneur d'inaugurer leur résurrection.

Entre toutes les contrées de l'Europe, elle semblait prédisposée à provoquer et à féconder le mouvement de la Renaissance. Inspirée par son beau ciel comme par ses grands souvenirs, initiée par les agitations civiles et religieuses à la vie politique, quand la plupart des nations restaient mineures sous la tutelle d'un despotisme ombrageux, illuminée par cette pléiade d'hommes de génie, qui, avant la première moitié du quatorzième siècle, lui avaient déjà créé une langue riche, harmonieuse et limpide, elle n'avait plus besoin que d'une impulsion pour se lancer, pleine de force et d'espérance, dans la carrière de la restauration littéraire. Cette impulsion, elle la trouva dans l'émigration des proscrits de Byzance, qui, fuyant, comme Enée, une patrie à jamais perdue, abordaient, comme lui aussi, les plages hospitalières du Latium, apportant pour toutes richesses, non plus les dieux de la Phrygie, mais ceux de l'intelligence, Homère et Platon.

En présence de cette mine inexplorée, l'enthousiasme littéraire s'empara de toutes les âmes. On transcrivait avec ardeur les manuscrits, on se les disputait comme des trésors (1), et Panormita lui-

---

(1) Un certain Guarini, ayant acheté à Constantinople deux caisses de manuscrits grecs qui étaient uniques, les chargea sur deux vaisseaux. Il arriva heureusement avec l'une en Italie, sa patrie; mais

même vendait son unique héritage pour acheter, de Pogge le Florentin, une copie irréprochable de Tite-Live (1).

Alors, avec l'ardeur inassouvie d'une passion nouvelle, tous les savants s'éprirent de l'amour des lettres antiques. Le goût de ces études gagna bientôt les esprits à la suite, et dans notre siècle d'indifférence, on se ferait difficilement une idée de l'engouement héroïque avec lequel on entreprit la réhabilitation des gloires oubliées pendant le long sommeil du moyen-âge. Fatiguées des arguties scolastiques, les intelligences s'élancèrent avec délices, comme dans une verdoyante et fraîche Tempé, vers ce monde retrouvé et si plein de séduction qu'avaient créé les beaux génies de la Grèce et de Rome.

Chaque jour amenait sa découverte et chaque dé-

-----

l'autre périt dans la route. Cet accident lui donna tant de chagrin que ses cheveux devinrent tout blancs dans une nuit (*Dénorama*, ou *spicilége historique et anecdotique, sur chaque partie du corps humain*, par Mazeret. Paris, S. D. In-18, p. 36).

(1) Voy. Le Gallois, *Traisté* (sic) *des plus belles bibliothèques de l'Europe*, p. 186. Pet. in-12. Suivant la copie, à Paris, 1685.

couverte surexcitait le zèle des impatients néophy-
tes. Mais déjà le travail isolé ne suffisait plus à leur
ardeur d'apprendre, et ces infatigables chercheurs
sentirent le besoin de compléter leurs travaux en se
les communiquant, afin que tous pussent profiter des
études de chacun. C'est ainsi que se formèrent, dans
certaines villes, des groupes modestes de savants qui,
d'abord peu nombreux, se recrutaient peu à peu de
quelques nouveaux adeptes, et se trouvaient, plus
tard, presque à leur insu, transformés en Académie.

Les noms mêmes de la plupart de ces compagnies italiennes prouvent qu'elles se sont établies
insensiblement, et j'oserais presque dire, sans pré-
méditation. Ce sont souvent des sobriquets bizarres,
comme peuvent les prendre, ou les accepter au besoin, des hommes que les mêmes goûts amènent à
se rassembler, pour le seul plaisir de causer fami-
lièrement de leurs études, mais comme n'en pren-
drait jamais la moins grave et la moins ambitieuse
des académies. Plus tard, quand on songea à se
constituer régulièrement, on dut subir le fait accom-
pli et s'accommoder, bon gré mal gré, d'une qualifi-
cation qui ne pouvait plus s'oublier. L'Académie

s'organisait, et le nom, quelque peu compromettant de la réunion primitive, survivait à l'inauguration officielle, comme une tache originelle, ou plutôt comme un pieux souvenir.

Les esprits méridionaux ne font rien à demi : à la fièvre de l'exploration littéraire avait succédé la fièvre académique. Chaque ville voulut avoir son petit aréopage scientifique; ce furent : le *Cimento* et la *Crusca* à Florence; les Etoilés (*Stellati*) et les Forgerons (*Fuccinanti*) à Messine; les Ivrognes (*Ebbri*) à Syracuse; les Endormis (*Addormentati*) à Gênes; les Ardents (*Ardenti*) et les Oisifs (*Otiosi*) à Naples; les Fantasques (*Fantastici*) à Rome; les Etourdis (*Intronati*) à Sienne; les Cachés (*Nascosti*) à Milan; les Amoureux (*Invaghiti*) à Mantoue; les Absurdes (*Assorditi*) à Citta di Castello; les Obscurs (*Oscuri*) à Lucques : que sais-je encore? Cent in-folio ne suffiraient pas à en retracer l'histoire; et la statistique, que rien ne rebute, a seule eu le courage d'en donner l'interminable et surabondante nomenclature (1).

____

(1) Voy. Carl. Barthol. Piazza, *Eusevolog. Roman.*, part. 11.

Sans doute, toutes ces académies n'atteignirent.
pas le même degré d'importance, et le souvenir de
quelques-unes n'a été conservé que grâce à l'étran-
geté de leur dénomination. Mais quelle ardeur de
recherches, quelle émulation ne provoquèrent-elles
pas; et quelle influence ne durent-elles pas avoir sur
la Renaissance italienne au quinzième et au seizième
siècle, et par suite sur les destinées littéraires de
l'Europe !

VI.

La France s'associa bientôt à cet admirable mouvement intellectuel qui s'opérait par-delà les Alpes.
Cette vieille terre des Gaules, que des colonies
avaient presque faite grecque et que la conquête
avait faite romaine, ne pouvait tarder à suivre sa
sœur l'Italie dans l'exploration de l'antiquité.

On a souvent reproché aux Français de manquer

Voy. aussi *Idea della storia dell' Italia letterata*, par don Hiacinte
Gimma. Naples, 1723, in-4°. Voy. encore le *Mercure de France*,
janvier 1732.

d'initiative; si nous passons condamnation sur ce
point, que l'on veuille bien au moins nous accorder
le mérite de l'assimilation, et reconnaître que nous
savons merveilleusement nous approprier les idées
et les découvertes des autres peuples en les dévelop-
pant et en les perfectionnant. Ce ne fut qu'au seizième
siècle que nous nous associâmes au mouvement de
la Renaissance; mais en quelques années nous nous
étions mis au niveau de l'Italie et nous rivalisions
avec elle dans la noble carrière des lettres. Seulement la Renaissance française différa essentiellement
de la Renaissance italienne, en ce que les écrivains
et les savants de notre pays, au lieu de s'agglomérer
en réunions et en académies, comme l'avaient fait
les Italiens, travaillèrent isolément, sans paraître
comprendre les avantages de la communauté intellectuelle. A quelle cause attribuer cette différence?
Serait-ce que nos savants, profitant des travaux des
littérateurs italiens, n'eurent pas à lutter contre les
doutes et les tâtonnements inévitables dans toute
voie nouvelle, et n'éprouvèrent pas le besoin de
s'entr'aider et de se réunir en faisceaux, à l'exemple
de leurs devanciers d'outre-monts?

Quoi qu'il en soit, on chercherait en vain, dans les mémoires du seizième siècle, un essai même informe d'académie, à moins que l'on ne veuille considérer comme tel les réunions plutôt galantes que littéraires de la cour de François Ier. Ces réunions, ressouvenir amolli des temps chevaleresques, mises à la mode par la jeune et charmante reine de ces nouvelles cours d'amour, *la Marguerite des princesses*, n'étaient, à tout prendre, qu'un reflet des dix journées de contes lascifs et plaisants où les grâces de la forme dissimulent à peine la sensualité grossière du fond, et que la plume magique du *divin* Boccace avait pu seule faire accepter.

On ne saurait non plus appeler Académie le groupe poétique que l'on nomma la *Pléiade* et qui ne fut qu'une réunion, sans but précis, de beaux-esprits et de poètes, enrôlés sous la bannière de Ronsard et dont l'enthousiasme convaincu se plaisait à proclamer leur chef, dans toutes les langues et sur tous les tons, *le Grand, le Prince des poètes, l'Homère et le Virgile français.*

Il faut arriver au règne de Louis XIII, pour voir naître et se multiplier les sociétés savantes en

France, et, chose assez remarquable, leur développement coïncide avec celui de la langue, en sorte que le dix-septième siècle a fourni à la fois à notre littérature ses modèles et ses législateurs.

Personne n'ignore que l'Académie française fut constituée légalement en 1635; le cardinal de Richelieu, qui passe pour en avoir été le fondateur, ne lui donna que l'existence officielle et l'autorité d'un nom tout-puissant. En effet, depuis six ou sept ans, quelques hommes de lettres, parmi lesquels on distinguait Conrart, que l'Académie française a toujours regardé comme son père; le jeune Godeau, depuis évêque de Grasse; Chapelain, dont la gloire anticipée ne put survivre à la publication tardive de son interminable poème, avaient contracté l'habitude de se réunir une fois la semaine pour s'entretenir des affaires du temps, de sciences et de belles-lettres. Le cardinal comprenant toute l'importance que pouvaient acquérir ces conférences sous une généreuse et active impulsion, conçut alors l'idée de les constituer régulièrement, en faisant, à la fois, de la Compagnie qu'il établissait, le tribunal suprême et permanent de notre langue, et l'école du bon goût et de la politesse. — Idée pleine de grandeur et d'à-propos qui fait de lui, sinon le créateur, du moins le Mécène de l'Académie française.

VII.

Pendant que ce grand événement s'accomplissait à Paris, les provinces qui, avant comme depuis le règne de la centralisation, se sont toujours efforcées d'imiter la capitale, voulurent, elles aussi, organiser des Académies. Ce qui était arrivé en Italie au quinzième et au seizième siècle, arriva en France au dix-septième, et de même qu'après la création de l'Académie de Naples, par Panormita, toute la péninsule se peupla de sociétés littéraires et scientifiques, de même, chez nous, après l'établissement de l'Académie française, chaque ville de province, suivant ses moyens, voulut se passer la fantaisie d'une grande ou d'une petite Académie. Si nous suivons, en effet, la date de leur fondation, nous trouvons que presque tous ces corps savants appartiennent à la première moitié du dix-septième siècle.

Paul Pelisson
Maitre des Requestes et de l'Academie Franç.e

Toulouse, fière à juste titre de son nom de Palladienne, ne pouvait rester en dehors de ce grand mouvement intellectuel.

Vers 1640, deux hommes, éminents par leur savoir et par leur position, habitaient Toulouse. Le premier, M. de Vendages de Malapeire, doyen du Présidial, représentant d'une famille parlementaire vénérée dans la province, se faisait remarquer par l'aménité de ses manières et l'étendue de ses connaissances. Le second, savant distingué, qu'une maladie cruelle arracha, bien jeune encore, au barreau pour le livrer tout entier à l'étude des sciences et des lettres, devait plus tard se recommander aux yeux de la postérité par les célèbres *factums* de la défense de Fouquet, que Voltaire (1) mettait au niveau des plus belles pages de Cicéron, et qui avaient été inspirés par le dévouement de la reconnaissance et l'héroïsme de l'amitié : nous avons nommé Pélisson (2).

----

(1) Voltaire, *Siècle de Louis XIV*.
(2) Voir la note B à la fin du volume.

Les panégyristes de Pélisson, et le nombre en est grand, ont oublié de signaler chez lui cet amour, cette passion pour les Académies, qui l'occupa pendant toute sa vie. L'un des premiers, en France, il propagea le goût des réunions littéraires et scientifiques. Nous allons dire comment il contribua à la fondation de l'Académie des Lanternistes. Il avait dix-huit ans à peine; ce fut là son coup d'essai.

Plus tard, enhardi par le succès et aidé de quelques littérateurs distingués, ses compatriotes, il fonda à Castres, — c'était en 1648, pendant la convalescence de la petite vérole qui rendit sa laideur proverbiale (1), — une Académie célèbre à la fois par ses nombreux travaux et par le mérite des hommes qui la composèrent (2).

----

(1) *Pelisson*, disait Mlle de Scudery, *abuse de la permission qu'ont les hommes d'être laids.* Le fait suivant est moins connu : « Un peintre chargé du tableau de la tentation dans le désert, prêta » sa figure au diable (*). » La figure de Pélisson, sans doute, et non celle du peintre, comme la phrase pourrait le faire croire.

(2) Un Sr Spérandieu d'Aiguefonde fut nommé secrétaire de cette Académie, dans la première séance qui eut lieu le 26 novembre

(*) Manuel, *L'année Françoise.* Paris, 1789, t. Ier, 7 février, art. Pélisson

En 1675, « il contribua autant que personne, »
dit Mlle de Scudery, à l'établissement de l'Académie
de Soissons (1).

Personne n'ignore qu'il fut l'historien de l'Académie française, qui, désirant le posséder et n'ayant
alors aucune vacance, fit fléchir, en sa faveur, la
rigueur du règlement, et, par une exception toute

1648. Les registres contenant les procès-verbaux des séances, rédi-
gés par M. Spérandieu, existent encore à Castres; c'est le seul do-
cument qui témoigne de l'existence de l'Académie castraise. Suivant
M. Magloire Nayral, « Spérandieu connaissait à fond le latin ; il
» le parlait et l'écrivait avec une pureté remarquable. Tous les ou-
» vrages qui nous restent de lui sont écrits en cette langue, ce qui
» est cause qu'ils ne sont pas aussi connus qu'ils devraient l'être.
» Il traduisit, en vers latins, plusieurs chants du poème de *La
» Pucelle*, par Chapelain, et il en fit lecture dans la séance de
» l'Académie de Castres du 13 juin 1656. » (*Biographie castraise,*
t. III, p. 473.)

Voilà, il faut en convenir, du latin bien employé! Mais si le bon
Chapelain a jamais appris que sa *Pucelle* avait été traduite dans la
langue de Virgile, son cœur a dû bondir de joie, et oublier un instant les épigrammes latines de Montmor et les traits satiriques de
Boileau.

(1) L'Académie de Soissons, établie sous la protection de M. le
cardinal d'Estrécs, par lettres patentes du roi, données au camp de
Dôle, juin 1674.

spéciale, l'admit quarante et unième avec les droits et le rang d'associé ordinaire.

Enfin, c'est peu de temps après son admission dans l'illustre Compagnie qu'il fonda un prix de poésie (1) dont il fit la dépense jusqu'à sa mort.

Nascuntur poetæ, dit l'ancien adage. On le voit, Pélisson, lui, était né académicien.

Pourtant, hâtons-nous de le dire, il trouva dans M. de Malapeire un ardent émule, bien digne de le seconder dans ses projets de réunions académiques.

Entre ces deux hommes grandissait un enfant plein d'espérances qui déjà se mêlait à leurs doctes entretiens; c'était le jeune Gabriel de Vendages qui, admis de bonne heure à participer aux travaux de son père, devait bientôt le remplacer dans son office de judicature et le faire même oublier auprès des gens de lettres par sa ferveur académique. C'est à dessein que je dis oublier, car tous les mémoires qui ont parlé de MM. Vendages de Malapeire ont confondu le père avec le fils et n'en ont fait qu'un

____

(1) Ce prix consistait en une médaille d'or de 300 livres.

Sous les beaux traits qu'on voit en ce portrait fidelle
MALAPEIRE cachoit une ame encor plus belle.
1. Marie est l'astre heureux qui dirigea son coeur:
2. Contre les novateurs il brula d'un saint zele:
3. Les Magistrats en luy trouverent un modele:
4. Les beaux arts un appuy, les scavans un docteur.

seul individu. C'est surtout du fils que nous devons nous occuper, parce que nous le retrouverons à toutes les périodes de l'histoire que je vais étudier ici. Il mériterait d'ailleurs une mention particulière, ne fût-ce que pour le zèle persévérant avec lequel il poursuivit l'idée de la création d'une Académie à Toulouse.

Né en 1624, élevé avec la plus tendre sollicitude, voué dès son enfance aux études sérieuses, Gabriel de Malapeire avait voulu tout approfondir, jusqu'à la théologie scholastique et à l'astrologie judiciaire : on dit même, et je n'ai garde de le taire, qu'il était un peu médecin. Il va sans dire qu'il fut membre du seul corps littéraire qui existât alors à Toulouse, le Collège de la Gaie-Science. C'est peut-être à cette circonstance qu'il dut de ne pas mourir sans se laisser tenter par le démon de la rime. A l'encontre de nos célébrités contemporaines qui, après avoir débuté par la poésie, désertent bientôt le Parnasse pour aborder des travaux qu'ils regardent, sans doute, comme plus sérieux ou plus profitables, M. de Malapeire commença par la science et finit par les vers. Ce n'est qu'à soixante ans passés, et après avoir publié plusieurs ouvrages fort érudits, qu'il se sentit soudainement saisi du beau feu de la métromanie. Le caractère spécial de son œuvre poétique est une aspiration constante et une adoration passionnée pour la *très-sainte mère de Dieu*, seul sujet, comme il nous le dit dans une de ses préfaces, *sur lequel il ait travaillé* (1). Le sonnet à la Vierge était devenu pour notre poète sexagénaire un besoin de tous les jours; lorsqu'il n'avait pas trouvé son sonnet quotidien, il devait dire, comme Titus : *J'ai perdu ma journée.* En voici, du reste, un qui prouve quelle place cette innocente occupation tenait dans sa vie :

> J'ay fait sept cents sonnets pour l'amour de Marie;
> Ne croy pas cependant, cher et devot lecteur,
> Que l'honneur de passer pour habile rimeur,
> Ayt donné la naissance à cette fantaisie.
>
> Mais comme maintenant, sur la fin de ma vie,
> Je sentois affoiblir l'excez de mon ardeur,
> J'ai creu pouvoir ainsi ranimer dans mon cœur
> Et fixer dans l'esprit une image cherie.

----

(1) *L sonnets sur la Passion de Nostre-Seigneur*, par M. de Malapeire, doyen du Présidial. Toulouse, J. Paul Douladoure, 1691, in-4°.

C'est la même raison qui me fait imprimer
Ces Vers que mon humeur me feroit suprimer,
Si je n'attendois pas un plus grand avantage.
  Peut-être quelque jour, c'est comme je le croy,
Ceux qui prendront le soin de lire cet ouvrage
Se verront engagez à l'aymer comme moy (1).

On dira sans doute avec Alceste :

La rime n'est pas riche et le style en est vieux;

------

(1) *Le Psautier de Nostre-Dame ou la Vie de la tres-sainte
Mere de Dieu, en cent cinquante sonnets.* Toulouse, J. Paul
Douladoure, 1701, in-12, p. 97.

Ce rare petit volume appartient à la bibliothèque de Toulouse. Il
y a peu de jours encore, je le croyais unique. Mais depuis, un
hasard assez singulier en a mis en ma possession un second
exemplaire.

J'étais entré chez un bouquiniste de Toulouse, et pendant que
j'examinais quelques livres, mon attention se porta sur un mince
livret sautillant au bout d'une ficelle, et avec lequel une servante
parvenait à grand'peine à amuser médiocrement une petite fille de
deux ou trois ans.

Attiré par cette pitié instinctive que les bibliomanes éprouvent
quelquefois pour les livres malheureux, je délivrai le bouquin de
ses entraves et je l'ouvris machinalement. Le titre manquait; mais
quoique, depuis dix ans, je n'eusse pas revu *Le Psautier de Nostre-
Dame,* je le reconnus bien vite aux deux sonnets que contient chaque page des cinquante feuillets qui le constituent.

mais si les sept cents sonnets dont M. de Malapeire
fait le naïf aveu ne suffisaient pas pour nous convaincre de la sincérité et de la persistance de cette
sénile adoration, nous ajouterions que tous les ouvrages en prose de M. de Malapeire sont dédiés aussi
à la *très-sainte mère de Dieu*, et qu'il ne recula pas
même devant l'idée assez étrange de lui faire hom-
mage de son *Traité de la nature des comètes* (1).

M. de Malapeire ne trouvant même pas que ses
offrandes littéraires répondissent à l'ardeur chaque
jour croissante de sa dévotion, voulut consacrer à
la vierge du Mont-Carmel, dans l'église des Grands-
Carmes de Toulouse, une chapelle décorée de mar-
bres et de peintures (2). L'exécution répondit pleinement à la pensée du fondateur, et les artistes qu'il

---

(1) Tolose, Arnaud Colomiers, 1665, in-12.

(2) Elle fut inaugurée le 8 mai 1678, avant d'être même entiére-
ment achevée. Cette date nous a été conservée par un petit livre
intitulé : *Le Panégyrique de Nostre Dame du Mont-Carmel*, que
M. de Malapeire avait composé à cette occasion pour ses confrères
du scapulaire, et dont il leur fit, sans doute, la lecture publique
dans la chapelle même.

choisit, subissant son inspiration, s'oublièrent jusqu'à traduire, dans un mélange singulier de mythologie amoureuse et d'emblèmes mystiques, les transports insuffisamment épurés de cette passion bizarre. Ce n'étaient que guirlandes et cœurs enflammés, arcs et carquois, lacs d'amour, le tout parsemé de devises galantes qu'avait rimées la muse infatigable du vieillard, et dont les formules profanes contrastaient singulièrement avec la sainteté du lieu.

Cette chapelle à demi-païenne a disparu, mais l'idée fixe de M. de Malapeire lui a survécu par une fondation pieuse et poétique qui la perpétue. C'est à lui que l'Académie des Jeux-Floraux doit l'institution du prix du sonnet à la Vierge qui fait encore partie de son programme. L'auteur des sept cents sonnets n'avait pas voulu que la céleste Dame de ses pensées fût privée, lorsqu'il ne serait plus, de l'encens agréable qu'il lui avait prodigué, et il avait craint, sans doute, qu'elle ne trouvât plus de poètes aussi désintéressés que lui.

M. de Malapeire le père, mais surtout les frères Pélisson, avaient conçu la pensée de former une réunion scientifique sur le plan des Compagnies qui s'étaient déjà organisées à Paris et dans d'autres villes du royaume.

M. de Malapeire ouvrit à ces conférences sa maison, située dans une petite rue aboutissant au couvent des Carmes (1).

De son côté, Pélisson, avec l'aide de son frère aîné (2), forma une réunion du même genre dans la maison de M. de Campunaud qu'il habitait (3).

VIII.

Ces deux sociétés étaient à peine en activité que l'on sentit l'avantage immense qui résulterait d'une

----

(1) Rue du Canard.

(2) M. Georges Pélisson, l'aîné des deux frères, était conseiller de la cour souveraine de Bourg-en-Bresse. Il fut reçu, à l'âge de dix-huit ans, dans une Académie protestante de Castres, où le charme de son élocution et la vivacité de son esprit firent, tout d'abord, une si grande impression, que les autres membres, pour se prémunir, en quelque sorte, contre la surprise de sa dialectique, lui imposèrent l'obligation de ne prendre la parole que le dernier.

(3) Voir la note C à la fin du volume.

fusion. La proposition fut faite et immédiatement acceptée, et la Compagnie reconstituée se réunit chez M. de Gareja, conseiller au Présidial, dont l'hôtel offrait un local plus vaste et mieux approprié aux savantes conférences.

Les séances étaient présidées par M. de Lagarde, un de ces esprits que l'on trouve toujours en avant de leur siècle. Pressentant avec Gassendi le vide de la philosophie d'Aristote, il s'était soustrait à la tyrannie des *formes* et des *accidents;* déjà connu par des poésies latines fort remarquables et par de belles découvertes en physique, il était mieux que personne en position de remplir la tâche que lui imposaient ses nouveaux confrères.

Nous remarquons, parmi les fondateurs de cette première Académie, des hommes dont la position sociale suppose un certain mérite. Ce sont MM. Massoc père et fils, avocats au Parlement; de Caumels, grand archidiacre de Toulouse; Darailh, doyen du Présidial; Azema, avocat au Parlement; de Saint-Blancat, grand archidiacre de Tarbes; de Falguières, avocat au Parlement; enfin, le poëte Desesgaux, que M. de Méja qualifie de *poëte françois,*

et dont nous n'avons pu retrouver que des vers
patois (1).

Voilà les hommes qui attachèrent leur nom à cette
première tentative académique. Il semblerait, d'après
un passage de l'historien Raynal (2), passage fort
peu précis, du reste, qu'il y avait eu auparavant
d'autres essais; mais je dois avouer que les plus mi-
nutieuses recherches ne m'ont rien fait découvrir à
cet égard. Il faut en dire autant de l'opinion qui
attribue à Pierre de Fermat l'initiative de ces réunions. Le silence complet des mémoires du temps
et le goût bien connu de Fermat pour la retraite
porteraient plutôt à écarter cette supposition qu'à
l'admettre (3). On ne peut pas nier évidemment l'influence qu'il a exercée sur son siècle; mais, par

(1) Ce Desesgaux devait jouir d'une certaine réputation , puisque
les éditeurs des œuvres de Goudelin ont cru que la gloire de leur
poète pouvait recevoir quelque lustre de la reproduction d'un sonnet
patois de Desesgaux , à la louange de Goudelin. (Voir entre autres *Le
Ramelet moundi* de Toulouse , 1638, p. 240, et 1693, p. 191,
et *Las obros de Pierre Goudelin* , Amsterdam , 1700, p. 223.)

(2) *Histoire de la ville de Toulouse* , p. 384.

(3) Le hasard m'ayant rendu propriétaire des deux seuls volumes

l'effet même de sa supériorité et par la nature toute spéciale de ses études, il devait être moins disposé qu'un autre à s'occuper de conférences semblables, dont le caractère nous paraît avoir été plus littéraire que scientifique, et qui l'auraient distrait, sans profit, de ses grands travaux (1). Cette erreur, repro-

---

imprimés par les Lanternistes (*) et qui sont aujourd'hui très-rares, j'ai pu me convaincre que Pierre de Fermat n'avait jamais fait partie de ces réunions. Comment croire, en effet, si cet homme célèbre leur eût appartenu, que ses contemporains eussent oublié de le placer au nombre des fondateurs ou des membres de ces Compagnies, dans l'historique qu'ils ont placé en tête de leurs publications, alors surtout qu'ils avaient inscrit au nombre de leurs collègues, ses deux fils, Jean-François et Samuel de Fermat.

(1) Lors de la lecture de mon premier travail à l'Académie des Sciences de Toulouse, un de mes collègues, M. le chevalier Du Mège, m'assura que Pierre de Fermat avait fait partie des conférences académiques, et pour prouver son assertion, il se dit possesseur d'un sonnet autographe de l'illustre mathématicien, sonnet dans lequel ce grand homme, malade, s'excuse de ne pouvoir assister aux *doctes entretiens* des Lanternistes.

Je n'ai pas vu le sonnet autographe de Fermat, mais mon savant

(*) *Recueil de divers Discours et autres pièces d'éloquence, de prose et de vers, prononcez dans les conférences Académiques de Toulouse.* Toulouse, J. Paul Douladoure, 1692, pet. in-12.

Recueil de plusieurs pièces d'éloquence, présentées à Messieurs des conférences Académiques de Toulouse, pour le prix de l'année 1694. Toulouse, Guillaume-Louis Colomyez, 1694, pet. in-12.

duite par l'*Annuaire des sociétés savantes de France*,
doit avoir pour cause la présence des fils de Fermat
parmi les Lanternistes de 1667.

Les assemblées avaient lieu une fois par semaine,
et, comme si les membres qui les composaient avaient
voulu dérober au public le secret de leurs travaux,

---

collègue ayant eu l'obligeance de m'en donner une copie, je vais la
reproduire textuellement :

A Messieurs des conférences.

Ville.....

SONNET.

Pasle et sur son desclin la langoureuse automne
En vain m'appelle, hélas, dans vos sçavans pourpris,
Car un mal inconnu dont tout mon corps frissonne,
Me retient mesme loing du temple de Thémis.
　Desbile et soufreteux, à ce coup j'abandonne,
Pour un temps, tout ce bien que je m'estois promis
A vous voir en ces jours tresser une couronne
Qui doibt durer autant que l'empire des lis.
　Vos doctes entretiens aux clartés immortelles
Tousiours pour mon esprit ont des graces nouvelles ;
Tholose en gardera l'esclatant souvenir ;
　Non, rien n'est plus galand, non, rien n'est aussi tendre,
Et les Muses diront aux siecles à venir :
Malheureux fut celuy qui ne put les entendre.

P. DE FERMAT.

J'ai dit, — v. la note p. 50, — que Fermat n'avait jamais fait
partie des conférences académiques, et j'ajouterai que je ne suis

ils s'y rendaient le soir, sans suite et sans équipage,
obligés, le plus souvent, par le mauvais état et
l'obscurité des rues, de s'éclairer eux-mêmes d'une
petite lanterne. Telle est l'origine du nom assez
bizarre de *Lanternistes* sous lequel ils furent bientôt
désignés et qui leur est resté. Comme les académiciens d'Italie, ils eurent le bon esprit, non-seulement
de ne pas se révolter contre cette dénomination
plaisante, mais encore de faire, en quelque sorte,
de l'emblème burlesque sous lequel on les désignait,
les armes parlantes de leur institution. Ayant arrêté
le projet de décerner, chaque année, un prix au
meilleur sonnet à la louange du roi, sur des bouts-
rimés fixés par eux, ils firent frapper une médaille
qui représentait, d'un côté, un Apollon jouant de la
lyre, avec ces mots pour exergue : *Apollini Tolo-*

----

nullement convaincu par l'obligeante communication de M. Du Mège.
Certaines tournures, certaines expressions qui ne me semblent pas
dans les habitudes du dix-septième siècle me font craindre qu'on
n'ait surpris la religion de mon collègue à l'aide d'un autographe
supposé.

sano, et de l'autre une étoile avec la devise : *Lucerna in nocte* (1).

Les lauréats s'empressaient, on le devine, de faire imprimer la pièce couronnée, et profitaient de l'occasion pour produire au grand jour leur bagage littéraire.

Notre bonne fortune nous a procuré un spécimen, — unique probablement, — de ces poétiques élucubrations. Il a pour titre : *Publication du sonnet qui a remporté le prix des Lanternistes, cette année 1698. A Toulouse, chez la veuve de J.-J. Boude, à la Porterie. 1698*, in-8° de 16 ff.

L'éditeur de cette brochure ne s'est pas contenté d'imprimer les vers couronnés (2) ; il a donné onze

---

(1) Il est à croire que l'on gravait en légende le nom des lauréats, et la date du concours, sur la partie libre du cercle qui entoure la face et le revers de la médaille.

(2)

AU ROY.

SONNET

qui a remporté le prix.

Heros, dont la vertu nous rend le ciel	*propice,*
Ton auguste conduite a rempli nos	*souhaits,*
Le comble pretieux (sic) de tes nouveaux	*bienfaits*
A de nos ennemis désarmé le	*caprice*

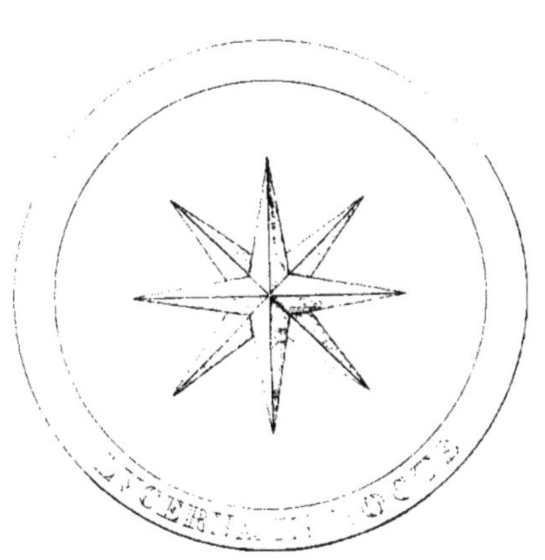

Prix du Sonnet en bouts Rimés.

autres sonnets du même auteur, tous sur les mêmes
rimes et en vers de différentes longueurs, ce qui a
provoqué de sa part la remarque suivante, qui nous
semble aussi grotesque par le fond que par la
forme : « Parmi les Sonnets qui ont concouru il y
» en a en petits Vers de huit sillabes et à rimes
» composées; ces Sonnets sont d'ailleurs très-beaux
» et auroient balancé le Prix sans cela : on veut
» des Vers Alexandrins heroïques , et que les
» Bouts ne soient pas allongez. Les Auteurs ne

Bellone trop long tems a fait ton *exercice ;*
On la voit faire place à des plaisirs *parfaits.*
Des lauriers dont encor Mars t'offre les *attraits*
Au repos des Mortels tu fais un *sacrifice.*
De ta sage vaillance et de tes nobles *soins*
Et la terre et les flots tour à tour sont *témoins ;*
De nos jours fortunez ta clemence est la *source.*
Les douloureux accens de tes plus fiers *rivaux*
Te retiennent, Grand Prince, au milieu de ta *course ;*
Une solide paix couronne tes *travaux.*

PRIERE POUR LE ROY.

Rien ne peut égaler de Loüis la valeur
Et sa vie est toujours en miracles feconde ;
SEIGNEUR, à nos neveux reserve la douleur
De voir finir des jours si pretieux au monde.

Dispersit dedit pauperibus.
Ps. III.

» trouveront pas mauvais qu'on les avertisse d'évi-
» ter à l'avenir ces sortes de licences, elles ne sont
» pas permises chez les Lanternistes. » (P. 2.)

Il paraîtrait d'après cela que les onze sonnets
avaient été envoyés au concours. L'auteur, comme
on le voit, n'y allait pas de main morte. Nous
avons eu la conscience de lire ces onze sonnets, et
nous avons le regret de constater le mauvais goût de
MM. les Lanternistes, car le sonnet couronné est,
sans contredit, l'un des plus pitoyables du recueil.
L'auteur, originaire de Toulouse, s'appelait Grangeron, et, disons-le bien bas pour l'honneur du
bonnet, ce malheureux était docteur en médecine !
A la suite des onze sonnets de Grangeron se trouvent
quelques pièces de vers d'un sieur Beaumont. Parmi
ces pièces, les sonnets en bouts-rimés sont en ma-
jorité, et, comme ils étaient destinés au même concours, ils pivotent nécessairement sur les mêmes
rimes. Seulement l'auteur ne s'en est pas tenu à
l'éloge du roi ; il a varié son thème et s'est plu quelquefois à compliquer la difficulté en écrivant ses
bouts-rimés en vers acrostiches.

Ce Beaumont, du reste, ne manque pas de naïveté, et dans un avant-propos, moitié prose, moitié vers, qu'il adresse à ses juges, il leur dit : — « Peut-être vous rebuterez-vous de la lecture de » douze sonnets, mais j'ay voulu suppléer à ce qui » manque à l'un par le nombre des autres..... » Quoi qu'il en soit, s'il n'est pas plus favorisé des muses que le docteur Grangeron, il est au moins plus drôle ; on en jugera par le *Rondeau* qui sert de *Conclusion* à ses poésies, et qui est sans contredit la meilleure pièce du recueil :

> Comme Apollon, amoureux d'une Belle,
> Perdoit ses pas, & voyoit la cruelle
> Prendre la fuite & courrir (*sic*) en Lepus,
> Il la poursuit, & la prend au Corpus,
> Mais à l'instant, hélas ! que devint-elle ?
>
> Un beau laurier, qui finit leur querelle ;
> Il l'embrassa sous sa forme nouvelle,
> Non sans chagrin pour un Dieu d'Olympus,
> Comme Apollon.
>
> Si mon travail, qui n'est que bagatelle,
> Avoit de vous, loüange telle quelle,
> Je ne plaindrois, ny peine, ny Tempus ;
> Et si Finis coronaret Opus,
> J'en tirerois une gloire immortelle,
> Comme Apollon (1).

----

(1) J'ai lu beaucoup de jolis rondeaux, et j'avoue que l'absence

Quelle que fût la médiocrité de ce genre de poésie,
le concours pour le sonnet en l'honneur du roi ex-
citait en France le plus vif intérêt. Aussi, dès que
le prix était décerné, le sonnet vainqueur ne tardait
pas à être inséré, soit dans le *Mercure*, soit dans les
recueils de poésie, soit enfin dans les diverses publications de l'époque. C'est ainsi que nous en avons trouvé
un dans les *Lettres galantes* de Mme Du Noyer (1),

------

de rime, au retour du refrain, m'a toujours gâté les meilleurs,
même le rondeau célèbre que fit le grand Corneille lorsque parut la
critique du *Cid* par Scudery :

> Qu'il fasse mieux ce jeune jouvencel, etc.

Si nos lecteurs veulent prendre la peine de relire le rondeau de
Beaumont, en substituant *Phébus* à *Apollon*, je pense qu'ils seront
de mon avis, et que le rondeau satisfera mieux leur oreille.

(1)   Que ne suis-je, Loüis, plus belle que   l'Aurore !
Que ne puis-je compter des Rois pour mes   ayeux !
Je te préférerois au plus brillant des   Dieux ;
Je le dis hautement, personne ne   l'ignore.
Dans ces vastes jardins, les délices de   Flore,
Où la nature cède à l'art   ingénieux,
Je ferois mon plaisir d'un regard de tes   yeux,
Sans songer à l'éclat que ta grandeur   arbore.
Grand Roi, lorsque mes yeux te trouvent sans pareil,
C'est moins par ta couronne et ton riche   appareil
Que par tant de vertus dont tu sers de   modèle.

et un autre (1) dans un recueil de vers intitulé :
Bigarures ingénieuses. L'auteur de ce dernier sonnet,

Ah ! que n'es-tu touché de mes tendres   accens ;
Mon cœur , toujours rempli d'une flamme   fidèle,
Bruleroit pour t'offrir un précieux   encens.

PRIÈRE.

Seigneur, fais que Loüis, dans une paix profonde,
Soit toujours craint, aimé de tout cet Univers :
Conserve-le, grand Dieu, pour le bonheur du monde,
Et permets, pour le mien, qu'il approuve ces vers.

SENTENCE.

Me plus virtus quam sceptra movet.

(*Lettres galantes de M*^{me} *C**** (Du Noyer). Août 1720, t. Ier, p. 220.)

(1)   **AU ROY.**

SONNET

*qui a remporté le prix par le jugement de l'Académie des
Lanternistes cette année 1695.*

Dans la route brillante ou la gloire te   guide,
Vingt souverains jaloux en vain de toutes   parts
Elevent contre toy mille orgueilleux   remparts,
Toujours en ta faveur la victoire   decide.
   Qui pouroit s'opposer à ta valeur   rapide !
Surpassant en un jour Constantins et   Cezars :
Agissant et tranquille au milieu des   hazars,
Rien ne peut ébranler ton courage   intrépide.
   Que tu sais bien remplir tes augustes   emplois !
Père de tes sujets et protecteur des   loix,
Les flots ont beau gronder, nous bravons les   tempêtes.
   Si tu suivois le cours de tes exploits   divers,

Mlle L'Héritier, avait été, comme nous le verrons bientôt, plusieurs fois couronnée par l'Académie des Lanternistes, et elle devint plus tard membre de cette Compagnie.

Nous ne possédons que quelques pièces détachées des travaux présentés à la Compagnie des Lanternistes pendant la période de 1640 à 1645. La perte de ces documents est d'autant plus regrettable que quelques-uns de ces ouvrages nous auraient fourni des données plus précises sur la nature des recherches auxquelles se livraient les Lanternistes. Il paraît pourtant certain qu'ils lisaient aux conférences hebdomadaires des ouvrages de prose et de vers en latin et en français, et quelques-uns même en langue romane.

La collection des ouvrages présentés depuis cette époque jusqu'en 1700, formée au siècle dernier par

.

De l'aurore au couchant tu ferois des conquêtes ;
Mais, Grand Roy, tu ne veux que calmer l'univers.

(*Bigarures ingénieuses ou recueil de diverses pièces galantes, en prose et en vers*, suivant la copie de Paris, chez Jean Guignard, 1696, pet. in-12, p. 322.)

un membre de l'Académie des Sciences de Toulouse,
M. de Méja, qui l'avait jointe à une série presque
complète de livres rares imprimés à Toulouse, existait encore en 1816, au château de la Salvetat.
Offerte à cette époque à l'administration municipale
de Toulouse pour la modique somme de 700 fr.,
cette double collection fut refusée dédaigneusement
et vendue en grande partie au poids.

En 1645, le départ de Pélisson et de M. de
Malapeire pour Paris et l'éloignement simultané de
quelques autres membres amenèrent l'abandon de
ces conférences, qui restèrent interrompues jusqu'en 1667.

IX.

A cette époque, nous retrouvons M. de Malapeire
sur la brèche. De retour depuis quelque temps à
Toulouse, il cherchait à renouer les liens d'une nouvelle association, lorsque le hasard lui fournit le
concours d'un collaborateur précieux et plein de zèle.

M. de Garaud de Donneville, président à mortier du Parlement de Toulouse, et descendant, par les femmes, de l'infortuné Duranti.

M. de Donneville, dont Chapelle et Bachaumont ont vanté les nobles manières (1), réunissait, à une instruction fort étendue, une facilité d'élocution admirable et une sensibilité profonde. Ces qualités, la haute considération dont il était entouré ne pouvaient que procurer au projet d'une nouvelle association des adhésions flatteuses et multipliées. Le

---

(1) ..... « Et nous eussions cru Toulouse, ce lieu si renommé » pour la bonne chère, épuisé pour jamais de toute sorte de » gibier, si l'un de vos amis et des nôtres ne nous eût encore le » lendemain, dans un dîner, fait admirer cette ville comme un » prodige pour la quantité de belles choses qu'elle fournit. Vous » devinerez aisément son nom quand nous vous dirons

> Que c'est un de ces beaux esprits
> Dont Toulouse fut l'origine ;
> C'est le seul gascon qui n'a pris
> Ni l'air ni l'accent du pays ;
> Et l'on jugerait à sa mine
> Qu'il n'a jamais quitté Paris.

» Enfin, c'est l'agréable M. d'Osneville (*sic*), etc., etc. » — (*Voyage de Chapelle et de Bachaumont.*)

nombre des membres fut fixé à vingt. Tous, d'une voix unanime, conférèrent à M. de Donneville la direction de leurs travaux. C'est sous son active influence, et dans l'asile splendide qu'il lui avait ouvert dans son hôtel de la place Perchepinte, que la Compagnie régénérée se remit à l'œuvre. Nous trouvons, parmi les membres qui faisaient partie de ces conférences, des hommes qui jouissaient alors, dans Toulouse, d'une haute considération : M. de Médon, conseiller au Présidial, savant helléniste, ami et correspondant du célèbre Heinsius; M. de Fermat, fils aîné de l'inventeur du calcul infinitésimal et auteur de traductions estimées ; M. de Praslin, évêque de Comminges (1); l'abbé Maury, poète latin d'un certain mérite, et M. de Drulhe Gravil, gentilhomme lettré.

Ces réunions, où l'on abordait toutes sortes de questions de physique, d'histoire et de mathéma-

---

(1) C'est entre les mains de l'illustre Gilbert de Choiseul du Plessis-Praslin, évêque de Comminges, et le 7 octobre 1670, que Pélisson fit abjuration dans l'église souterraine de Chartres. (*Eloge de Pélisson*, par l'abbé Desguillon.)

tiques, auraient bientôt acquis quelque célébrité, si
le départ inopiné de M. de Donneville et les occupations absorbantes de M. de Malapeire n'étaient
venus les interrompre avant la fin de la troisième
année. Mais cette fois-ci l'interrègne ne fut pas de
longue durée.

Jamais peut-être la docte Toulouse ne se montra
animée de plus de zèle pour les études sérieuses.
On se ferait difficilement une idée du nombre
considérable d'hommes distingués par le rang et
le mérite qui se livraient avec ardeur à ces études.
Aussi la succession académique de M. de Donneville fut-elle presque immédiatement recueillie par
M. de Nolet, trésorier général de France.

Passionné pour les beaux-arts, M. de Nolet réunissait dans son hôtel, situé en face de la vieille
auberge du Grand-Soleil, tout ce que la ville renfermait d'hommes et de femmes de qualité. Les
concerts qu'il donnait faisaient les délices des con-
naisseurs. Tout homme à qui le talent tenait lieu de
naissance était sûr de rencontrer chez lui cette hos-
pitalité généreuse et cet accueil bienveillant par
lesquels les gentilshommes d'alors semblaient se

plaire à oublier, un moment, des priviléges que le respect de leurs hôtes leur rappelait suffisamment. Il s'empressa donc d'ouvrir sa maison aux Lanternistes dispersés.

X.

Cette troisième période commença en 1670, et les conférences académiques de Toulouse devinrent *en peu de temps si célèbres*, dit un écrivain de cette époque, *qu'on eût cru que les Muses, auparavant errantes et vagabondes, s'étaient fixées dans ce lieu qui leur avait été consacré* (1).

A part l'exagération un peu gasconne de l'éloge, on doit reconnaître que les assemblées tenues chez M. de Nolet ont offert beaucoup plus d'intérêt et de suite que celles dont je viens de retracer

---

(1) *Réponse à des Mémoires qui ont paru contre l'établissement d'une Académie de Belles-Lettres dans la ville de Toulouse.* Montauban, Raymond Bro, 1692, in-8°, p. 40 (par Martel?).

les différentes phases ; l'organisation était moins
défectueuse ; on se réunissait à jour et à heure
fixes. D'ailleurs, indépendamment de la haute influence de M. de Nolet, il y avait, dans la Compagnie, deux hommes pleins de zèle et de mérite qui,
si nous devons en croire le jugement de contemporains éclairés, auraient pu, sans désavantage,
prendre rang au-dessous et assez près de Fermat.
Je veux parler de François Bayle, docteur en
médecine et *professeur aux Arts libéraux en l'Université de Toulouse ;* de Pierre-Silvain Régis, pro-
pagateur éloquent et sincère de la philosophie de
Descartes, et qui devint plus tard membre de
l'Académie des Sciences de Paris. On comprend tout
l'attrait que devaient avoir des conférences diri-
gées par de tels hommes : c'était habituellement
François Bayle qui ouvrait les séances par un ex-
posé lumineux de la question qu'on devait agiter.
Quand ses occupations ne lui permettaient pas d'assister aux réunions académiques, il était remplacé
par le jeune Régis dont la parole claire et facile avait
si vivement impressionné les hommes éminents de
la cité que, d'une voix unanime et pour se l'atta-

cher plus intimement, ils lui offrirent et lui firent accepter une pension. *Evénement presque incroyable dans nos mœurs, — dit Fontenelle, — et qui semble appartenir à l'ancienne Grèce* (1).

Nous retrouvons aussi, parmi les académiciens de cette époque, le R. P. Maignan, religieux Minime, renommé à juste titre pour ses profondes connaissances en astronomie (2) et en théologie, et dont la réputation était si bien établie, que Louis XIV, à son passage à Toulouse, en 1660, voulut visiter en personne la cellule du docte cénobite, et fit faire auprès de lui les plus vives instances pour l'attirer à Paris, instances auxquelles le P. Maignan résista avec autant de douceur que de modestie.

Je pourrais ajouter d'autres noms à cette liste, tels, par exemple, que ceux du R. P. d'Ardenne, jésuite fort savant; de l'abbé Guillemot, qu'avaient

____

(1) Fontenelle, *Eloges.*

(2) Il est l'auteur de plusieurs ouvrages estimés, tels que : *Perspectiva horaria, sive de horographia gnomica libri* IV. Romæ, Rubeus, 1648, in-fol. fig. — *De usu licito pecuniæ.* Tolosæ, 1673, pet. in-12, etc., etc.

fait connaître de remarquables expériences d'opti-
que; enfin de M. de Nolet fils (1), qui plus tard
devint trésorier de France; mais je craindrais que
ces détails ne fatiguassent l'attention du lecteur. Je
lui épargnerai aussi l'analyse de ceux des travaux
des Lanternistes qui excitèrent alors le plus vive-

---

(1) Voici une pièce de vers d'une femme poète de Toulouse,
Mme la présidente de Druilhet, adressée à M. de Nolet fils, à
l'occasion du prix du sonnet que MM. de l'Académie des Lanternistes venaient de décerner à ce jeune homme :

> Vos vers charmants peuvent être loüés
> Par la bouche la plus sincère,
> Ils sont dignes d'être avoüés
> Par les plus beaux esprits, même par votre père.
> Aussi m'a-t-on dit qu'aujourd'huy
> Apollon prétend qu'au Parnasse
> Auprès des Muses et de lui
> Vous alliez désormais occuper une place.
> J'approuve son dessein ; mais, sans vous offenser ,
> Si les neuf doctes sœurs étaient un peu plus belles ,
> Je doute que ce Dieu fît bien de vous placer
> Parmi tant de Pucelles.

Cette présidente de Druilhet devait être une dame d'humeur pas-
sablement badine et que n'effarouchaient pas les gaillardises. Je
citerai tout-à-l'heure un sonnet, en bouts-rimés, qu'elle composa
plus tard, et qui atteste autant de liberté d'esprit dans le poète
que de tolérance dans l'aréopage. — V. p. 81.

ment l'attention du public. Ces ouvrages, édifiés pour la plupart sur des théories aujourd'hui complètement abandonnées, pourraient prouver parfois, peut-être, la supériorité de l'auteur sur ses contemporains, mais n'auraient plus qu'un intérêt purement historique. Qu'il me suffise d'ajouter que les principaux ont été honorés par Pierre Bayle d'une analyse raisonnée dans ses *Nouvelles de la République des Lettres ;* ce qui prouve qu'ils étaient loin d'être sans valeur.

XI.

L'on a déjà vu, à plusieurs reprises, les associations scientifiques qui s'étaient formées dans Toulouse s'éteindre tout-à-coup au milieu de leur prospérité. Il suffisait que la personne qui s'en était faite le centre mourût ou s'éloignât de la ville pour que leur existence fût immédiatement mise en question. L'heure de l'organisation définitive et permanente pour l'Académie toulousaine n'était pas venue, et malgré les nombreux éléments de succès qu'elle renfermait, elle dut tomber bientôt en décadence, puisque les mémoires du temps n'en parlent plus à partir de 1676, et que nous en voyons surgir une nouvelle en 1680.

Celle-ci fut dirigée par un ecclésiastique, l'abbé Maury, qui avait déjà fait partie de la réunion de M. de Donneville. Ce vieillard, âgé de quatre-vingts ans, vivait, à Toulouse, d'une pension de 300 livres que lui faisait le clergé. Savant théologien, homme de goût, grand latiniste, — il avait mis en vers hexamètres le livre de Job (1) et l'Ecclésiaste de Salomon, — l'abbé Maury possédait, dit un manuscrit de l'époque (2), un talent merveilleux pour attirer chez lui les gens de lettres.

––––––––––

(1) *Joannis Maury theologi speculum patientiæ, sive metrica paraphrasis in librum Job, eique in textus commentarius, cum moralis, tum literalis, ex mente Sanctorum Patrum.* Tolosæ, apud Joannem Pexium, 1678, in-8°.

(2) Ce manuscrit est intitulé : *Le testament sindical* (sic) *de M. de Lafaille, ancien sindic et doyen des anciens Capitouls de Toulouse.*

Protégé par M. de Fieubet, premier président
au Parlement, l'abbé Maury avait obtenu des Capitouls un appartement dans l'une des maisons possé-
dées par la ville, et qui se trouvait à l'entrée du
Pont-Neuf. Dans cet appartement, il ouvrit des conférences académiques, auxquelles, par une innova-
tion heureuse, le public était admis, avec la faculté
de demander des éclaircissements sur les points qui
lui paraîtraient douteux. L'attrait de la nouveauté,
les manières engageantes du directeur, et le talent
remarquable avec lequel il soutenait la discussion,
firent bientôt de ces conférences le rendez-vous de
toutes les personnes qui, à Toulouse, s'occupaient
de belles-lettres ou de sciences. L'administration de
la ville voulut ajouter une nouvelle faveur à celle
qu'avait déjà reçue l'abbé Maury, et une certaine
somme lui fut allouée à titre de subvention. C'est
probablement là le premier exemple d'un encoura-
gement pécuniaire donné à un corps savant par les
édiles toulousains. L'abbé Maury, dans sa reconnaissance, voulut immédiatement immortaliser par
ses vers des magistrats si généreux envers la science,
et à propos d'un projet de conduite d'eaux dans la

ville, il fit un petit poème mythologique et allégorique intitulé : *Naïs Tolosana* (1), dans lequel il employa tout un arsenal de métaphores à propos d'une eau que l'on espéra longtemps et qui n'arriva jamais. La dédicace est en vers, comme le reste, et s'adresse aux *Nobilissimis, sapientissimis et vigilantissimis octo-viris capitolinis Tolosanis*. Mais les Capitouls ou, pour parler le beau langage de l'abbé Maury, les très-nobles, très-savants et très-vigilants octo-virs Capitolins de Toulouse ne lui continuèrent pas longtemps leur faveur, et bientôt, abreuvé de dégoûts ou, comme le dit le manuscrit cité plus haut, poursuivi par *l'envie de certains petits esprits malins, qui firent des affaires à ce bonhomme*, Maury fut obligé de quitter la jeune Académie, qu'il avait si péniblement fondée, pour se retirer à Villefranche du Rouergue, sa ville natale, où il termina ses jours.

––––––––––

(1) *Naïs Tolosana.* Tolosæ, ex typis Colomerianis, 1683, in-4°
de 6 ff.

XII.

Quelque temps après le départ de l'abbé Maury,
— en 1689, — M. Masade, homme de lettres, ju-
dicieux critique et grammairien distingué, ouvrit
au Collége de Foix, — aujourd'hui le petit Sémi-
naire, — des conférences semblables à celles de
la maison du Pont-Neuf. Elles furent suivies par un
petit nombre de savants qui ont marqué dans la république des lettres. C'était l'érudit M. de Saint-
Ussans, auteur du *Supplément au Dictionnaire de
Moreri* et de quelques volumes de poésie (1), dont
l'illustre Bayle, indulgent par amitié, n'a pas dé-
daigné de faire l'éloge (2); M. Guillemot, avocat
et savant physicien; M. de Rocoles, chanoine de
l'église collégiale de Saint-Benoît, proto-notaire
apostolique, qui réunissait aux connaissances les
plus étendues et les plus variées une éloquence

-----

(1) *Billets en vers*, par M. de Saint-Ussans. Paris, 1688,
in-12.
(2) *Nouvelles de la Rép. des le ·s*, année 1688.

vraiment remarquable (1) ; M. Marcel, l'un des hommes les plus instruits de France, et auteur d'un grand nombre d'ouvrages historiques et chronologiques ; le R. P. Dumas, prêtre de la Doctrine chrétienne, dont l'amabilité faisait le charme de toutes les compagnies et dont l'élégante facilité savait mettre à la portée de tout le monde les problèmes les plus ardus de la physique et des mathématiques ; M. Dupuy, avocat au Parlement, grand canoniste et traducteur de *Phocylide ;* M. Daure, théologien de mérite ; enfin, M. Martel, avocat au Parlement de Paris.

D'après un extrait des *Mémoires littéraires de Toulouse,* mémoires que malheureusement nous n'avons pu retrouver nulle part, et que cite M. de Méja dans ses *Mémoriaux des Lanternistes* (2), M. Dupuy était

---

(1) C'est M. de Rocoles qui, le 9 avril 1693, prononça, dans le sein de l'Académie des Lanternistes, l'éloge de Pélisson. Cet éloge, écrit en latin, fit grand bruit, et il méritait d'attirer l'attention des savants, si nous en jugeons par l'intéressante analyse qu'en a donnée le *Mercure galant* de mai 1693, p. 120 et suiv.

(2) *Mémoriaux des Lanternistes.* 2 vol. in-4º. Manuscrits appartenant à la bibliothèque de Toulouse.

un homme fort distingué qui faisait l'ornement de
la société littéraire dirigée par M. Masade.

L'Académie de Caen ayant adressé à celle des
Lanternistes un ouvrage manuscrit en vers, M. Dupuy
fut prié de répondre à cette politesse, ce qu'il s'empressa de faire. Voici un fragment de cette réponse :

> Musarum soboles, non contemnenda Tolosæ
> Pignora Palladiæ, chari lectique sodales
> Quos nec vanus honos nec fallax fama coegit
> Turgentes ambire choros ; sed candor amœnas
> Nos intersuasit conferre et reddere voces,
> Antiquæ memores quam FONTANERIUS (1) olim
> Instituit, salibusque immixtam protulit artem.

Nous citerons encore le passage de la lettre où
M. Dupuy fait l'éloge de l'Académie de Caen et de
M. de Segrais, dans la maison duquel se réunissait
cette Compagnie savante :

> Nam Cadomitanæ vos cœtus nobilis Aulæ
> Sponte colit, nitidum testatur epistola amorem,
> Ille Segresiacas ædes et splendida signis
> Tecta subit, pascitque oculos in imagine multa
> Heroum patriæ memorat quos gloria terræ.

---

(1) On sait que le célèbre Pélisson avait pris le surnom de Fon-
tanier pour se distinguer de son frère Georges.

M. Martel fut , sans contredit , celui des Lanternistes qui montra le plus de zèle pour l'établissement définitif d'une Académie des Sciences et des Belles-Lettres à Toulouse.

C'est à lui qu'on attribue la *Réponse à des Mémoires contre l'établissement d'une Académie de Belles-Lettres à Toulouse.*

A l'époque où il avait postulé une place d'avocat au Parlement de Paris, il avait assisté fort régulièrement aux exercices académiques qui avaient lieu chez M. Colo, gouverneur de monseigneur le duc de la Meilleraye , et où se réunissaient des hommes d'un grand mérite : MM. de Laroque, Justel, Chassebras, Fontenay et de Launay. Il n'avait pas été moins assidu aux conférences de MM. les abbés Ménage, Marolles et Bourdelot. Ces antécédents académiques appelèrent sur lui l'attention des Lanternistes, et en 1689, il fut nommé — tout d'une voix — secrétaire de l'Académie renaissante (1).

Suivant Moreri, ce Martel serait celui qui, dans

______

(1) *Mémoriaux des Lanternistes* , t. I.

ses *Mémoires sur divers genres de littérature et d'histoire*, imprimés à Paris, chez Le Fèvre, en 1722, aurait publié une vie du premier président Duranti.

Les conférences académiques de Toulouse se soutinrent pendant plusieurs années avec éclat, et ne furent interrompues que par le départ, pour Paris, de plusieurs Lanternistes qui allaient s'y perfectionner dans l'étude des sciences, et peut-être aussi, comme cela se pratiquait déjà, y chercher fortune.

XIII.

La fatalité s'appesantissait sur les Lanternistes : heureusement Toulouse possédait encore le vénérable M. de Malapeire, qui, bien que sexagénaire, n'en était pas moins dans toute la nouveauté de sa ferveur poétique. Voulant, avant de mourir, tenter un dernier effort pour l'établissement de l'Académie tant désirée, il parvint à réunir les membres qui avaient survécu à la dissolution des précédentes conférences. Il trouva encore le concours de

François Bayle, qui, sur le déclin de sa vie, toute d'études et de pratique, commençait à recueillir les fruits d'une réputation laborieusement acquise et désormais incontestable, grâce à l'appréciation judicieuse qu'avait faite de ses travaux son glorieux homonyme Pierre Bayle (1).

En 1688, MM. de Carrière, trois frères presque du même âge, l'aîné homme d'esprit et de loisir, le second théologien distingué, le troisième avocat, unis par un égal amour pour les lettres dans une touchante conformité de goûts, offrirent, pour la tenue des assemblées, la salle d'honneur de leur maison, ainsi qu'un superbe jardin qui en dépendait (2). M. de Malapeire réunit aux membres épars des anciennes conférences plusieurs personnes de mérite; on se plaça sous le protectorat de M. Lamoignon-Baville, premier président du Parlement, et grâce à l'heureux choix des membres associés, on eut bientôt constitué une Compagnie su-

____

(1) *Nouvelles de la Républ. des Lettres*, année 1688.
(2) Voir la note D à la fin du volume.

périeure, par les lumières et par le nombre, à
toutes les réunions qui s'étaient produites jusqu'à ce
moment. Un des premiers soins de la nouvelle
assemblée fut de réglementer ses travaux, et voici
ce que nous en apprend une publication des Lanternistes, dont nous respectons le style et l'ortho-
graphe. Les séances avaient lieu une fois la semaine : « On les commence par la lecture de petits
» ouvrages en prose et en vers, dont la plus part
» sont à la gloire de nôtre invincible Monarque,
» et par des remarques que l'on fait sur la langue
» Françoise ; en suite chacun y prononce à son
» tour une pièce d'Eloquence, autant qu'il se peut,
» sur une question problématique, où il y fait le
» rapport et l'analise du discours soumis à la criti-
» que, qui est l'ame de ces exercices ; l'on termine
» ces Conférences ou par l'examen des traductions
» que l'on y fait en nôtre langue, ou par des Dis-
» sertations fort curieuses sur la Physique et sur
» l'Histoire (1). »

---

(1) *Recueil de divers discours*, etc., préface.

A l'ouverture et à la clôture des conférences, on prononçait, en séance publique, le panégyrique de la Mère de Dieu et celui du roi. Les lauréats de l'année lisaient les pièces couronnées, et recevaient le prix de leurs travaux. Ce prix consistait en une médaille d'or de la valeur de 300 livres décernée à l'auteur du meilleur discours à la louange de Louis XIV. Cette médaille présentait d'un côté le portrait du roi, avec cette inscription : *Ludovico magno semper invicto, Europæ pacem pie offerenti.* Au revers était la protectrice de Toulouse, *Pallas,* casquée, tenant d'une main une corne d'abondance et s'appuyant de l'autre sur un bouclier écartelé aux armes de Toulouse ; la devise était : *Olim flores, nunc fructus.* Au bas on lisait ces mots : *Restauratores Cœtuum Academicorum dederunt Tolosæ, julii, anno* 1694 (1).

----

(1) Cette médaille et celle que nous avons déjà mentionnée, p. 53, grossièrement figurées par M. de Méja dans les *Mémoriaux des Lanternistes,* ont été, à ma prière, dessinées d'après cette ancienne ébauche par M. Bida, l'éminent artiste qui a obtenu de si beaux et si légitimes succès aux dernières expositions. C'est le croquis de M. Bida qui a servi à exécuter les deux planches jointes à mon texte.

La société, indépendamment de ses travaux de physique et de mathématiques, continuait encore à s'occuper beaucoup de vers ; et comme le goût public n'avait pas encore délaissé ce casse-tête prosodique qu'on nomme bouts-rimés, elle persistait à en mettre au concours (1).

-----

(1) Quelque surannée et quelque malheureuse que soit cette forme de poésie, je citerai encore une petite pièce de Mᵐᵉ de Druilhet. C'est le sonnet dont je parlais tout-à-l'heure dans une note, p. 68.

Je vous adorerois n'eussiez-vous que le	Buste,
Fussiez-vous tout pétri de neige et de	Glaçons ;
Ne pussiez-vous cueillir d'amoureuses	Moissons,
Je vous sacrifirois l'amant le plus	Robuste.
Eusse-ai-je (*sic*) à mes genoux le Roi le plus	Auguste,
Par ma fidélité je ferois des	Leçons
Aux beautés qui, traitant leurs sermens de	Chansons,
Pensent qu'un changement, s'il est heureux, est	Juste.
Dé mon sexe pour vous j'ai dépouillé	l'Orgueil ;
Je veux bien l'avouer, un rebutant	Accueil
Seroit même à mes feux une inutile	Digue.
Ne pussiez-vous d'amour faire agir les	Ressorts,
Mon cœur en sentiments, en tendresse	Prodigue,
Du seul plaisir d'aimer soutiendroit les	Transports.

Si M. le président de Druilhet, intéressé plus que tout autre dans la question de convenance, n'a rien trouvé à redire à la présentation de ce sonnet naïf, je n'implorerai pas l'indulgence pour Mᵐᵉ la pré-

L'un des lauréats de ces concours est M. Roubin, membre de l'Académie d'Arles, qui avait obtenu la faveur, fort enviée alors, d'assister aux séances des Lanternistes, faveur dont il les remercia par une pièce de vers assez bien tournée, qui figure dans le recueil de ses poésies (1).

---

sidente ; seulement, pour faire contraste avec les aveux, au moins singuliers, que l'on vient de lire, je citerai un autre sonnet présenté au même concours, et par conséquent composé sur les mêmes rimes par M. Roubin, de l'Académie d'Arles :

Que par toute la terre on encense le	Buste
D'un prince qui cent fois, sans craindre les	Glaçons,
Non plus que les ardeurs qui grillent nos	Moissons,
A signalé son bras vigoureux et	Robuste.
On ne voit rien en lui que de grand, que	d'Auguste ;
Son règne à tous les Rois va fournir des	Leçons.
Muses, en sa faveur épuisez vos	Chansons ;
Vous n'en eûtes jamais de matière si	Juste.
D'une ligue insolente il sçait dompter	l'Orgueil ;
La victoire partout lui fait un doux	Accueil :
Sa rapide valeur ne trouve point de	Digue.
Enfin de sa conduite admirant les	Ressorts,
On ne peut, dans les dons que le ciel lui	Prodigue,
Ni le voir sans l'aimer, ni l'aimer sans	Transports.

(*Œuvres mêlées de feu Monsieur Roubin, de l'Académie royale d'Arles.* Toulouse, Claude-Gilles Lecamus, 1716, pet. in-8°, p. 50.)

(1) *Ibidem*, p. 165.

Ce M. Roubin, trop peu connu selon moi, est l'auteur d'un placet en vers, adressé à Louis XIV (1), et dans lequel l'auteur demande à être maintenu dans la possession d'un îlot du Rhône. Le roi, séduit par les flatteries délicates du poète propriétaire, accueillit la requête et renonça, en faveur de M. Roubin, à un droit incontestable. Il faut en tenir compte au grand roi, car il était fort chatouilleux à l'endroit des prérogatives de sa couronne, et s'il prit si facilement condamnation à propos d'un méchant îlot, c'est que probablement il venait d'arrondir son royaume de l'Alsace ou de la Franche-Comté :

> . . . . Ce sont là jeux de prince :
> On respecte un *îlot*, on vole une province.

L'introduction extrà-réglementaire de M. Roubin parmi les Lanternistes n'était qu'un premier pas dans la voie des innovations. Elle fut suivie,

----

(1) Voir la note E à la fin du volume.

peu d'années après, de la réception de Mlle l'Héritier de Villandon, de Paris, à laquelle l'Académie des Lanternistes délivra, *sur vélin*, des lettres d'admission conçues dans les termes les plus flatteurs. Le *Mercure galant* (1), ces curieuses archives de la petite littérature, nous a conservé la réponse de la jeune Muse parisienne, bien supérieure en tous points, nous devons l'avouer, à la lettre d'envoi du secrétaire de la Compagnie, M. Laborie. Par cette nomination, la modeste Académie de Toulouse se trouve avoir montré plus de galanterie que sa noble sœur puînée, l'Académie française, qui a toujours marchandé l'entrée, dans son sein, des femmes de lettres qu'un génie exceptionnel avait faites de grands écrivains.

Le succès des conférences tenues dans l'hôtel de MM. de Carrière, et le désir chez les principaux membres d'arriver à une constitution définitive, les détermina à solliciter à Versailles des lettres patentes

------

(1) Voy. le *Mercure galant* du mois de mai 1698, p. 197 et suiv.

qui transformeraient la société libre et quelque peu
flottante des Lanternistes en Académie des Belles-
Lettres, investie, *de par le roi,* des priviléges de
l'immortalité. Le collége de la Gaie-Science, jaloux,
à juste titre, de ses quatre siècles d'illustration, fut
indigné des prétentions audacieuses de ces nouveaux venus. La guerre fut déclarée entre les deux
camps rivaux, l'encre coula, et, comme à défaut
de bonnes raisons on a volontiers recours aux mau-
vaises, on en vint, de part et d'autre, à échanger
des calomnies et des injures au lieu d'arguments
sérieux. Le temps et l'incurie des contemporains
nous ont privés de la plus grande partie des pièces
de cette polémique; mais ce que nous en avons
retrouvé (1) donne la mesure de l'aménité et de la
courtoisie de ces Guelfes et de ces Gibelins de la
littérature toulousaine. Quoi qu'il en soit, Louis le
Grand, qui croyait sans doute que *possession vaut
titre,* maintint les droits acquis, et par lettres patentes, en date du mois de septembre 1694, octroya

____

(1) Voir la note F à la fin du volume.

6

à l'Académie des Jeux-Floraux, dans les limites de sa juridiction, le droit exclusif de haute et basse justice sur la prose et les vers.

XIV.

Ce coup fatal jeta, comme on doit bien le penser, le découragement dans les rangs des Lanternistes. Pourtant leur nombre ne diminua pas sensiblement; mais ils furent obligés, par des causes que nous ignorons, d'abandonner l'asile que leur avaient offert MM. de Carrière, et le siége des séances fut transporté chez M. de Mondran, trésorier de France. Par malheur l'Académie ne se recrutait plus, et les extinctions successives laissèrent dans ses rangs des vides qui ne furent pas comblés. Cependant, malgré cette décadence, les Lanternistes prolongèrent leur agonie et distribuèrent leur prix annuel jusqu'en 1704, époque où ils disparurent complètement : M. de Malapeire avait cessé de vivre !

Mais heureusement les idées, les bonnes s'entend,
ne meurent pas, et sont semblables au ressort que
l'on comprime : la persécution double leurs forces.
Aussi, quelques années après la suspension des
conférences de M. de Mondran, de jeunes savants
qui n'avaient pris aucune part aux dissensions académiques du dix-septième siècle, relevèrent la bannière des Lanternistes, répudièrent cette dénomination, et firent disparaître de leur programme
la partie des Belles-Lettres.

Grâce peut-être à ce sacrifice diplomatique, ils
arrivèrent enfin au but qui, pendant près d'un siècle, avait semblé fuir, d'année en année, devant
les hommes dévoués dont je viens d'indiquer les
travaux, mais qu'ils poursuivirent avec une persé-
vérance infatigable.

Ce fut en 1729 que le roi Louis XV accorda aux
académiciens de Toulouse l'autorisation de se constituer en Société des Sciences. Je pourrais dire comment, dix-sept ans après, cette Société devint
Académie Royale, comment on lui concéda plus tard
les Inscriptions et enfin les Belles-Lettres ; mais ici je
m'arrête. Ce travail a été fait, depuis longtemps, par

notre honoré confrère M. le Dr Larrey, et inséré dans le tome III de la 3e série des *Mémoires de l'Académie des Sciences, Inscriptions et Belles-Lettres de Toulouse.*

LISTE ALPHABÉTIQUE DES LANTERNISTES.

Date
de la réception.

1686. Arailh (Paul d'), Doyen du Présidial.

1689. Ardenne (le R. P. d'), Jésuite.

1689. Arivat, Cartésien.

1692. Auterive (d'), Conseiller.

1640. Azema, Avocat.

1688. Bayle (François), Médecin.

1689. Beaufort (le Chev. de).

1692. Blandinière (Gabriel de), Provincial de l'ordre de la Merci.

1689. Bonnet, Avocat du Roi.

1688. Calvet, Trésorier général de France.

1692. Campistron (Jean-Galbert de), Secrétaire général des Commandements du duc de Vendôme, Poète (1).

1688. Carrière (de), Ecuyer.

1688. Carrière (de), Ecclésiastique.

1688. Carrière (de), Avocat.

1692. Catellan (fils du P. de), Magistrat.

1640. Caumels (Raymond de), Ecclésiastique.

---

(1) Voir la note G à la fin du volume.

Date
de la réception.

1689. Chaubard, Conseiller au Parlement.

1689. Clerac, Abbé.

1688. Combes, Avocat au Parlement.

1688. Compaing (N.), Chanoine.

1694. Compaing, Curé de Savenez.

1688. Courtial (Jean-Joseph), Médecin.

1689. Daure, Ecclésiastique.

1688. Dechans, Ecuyer.

1689. Delon-Garac, Conseiller au Parlement.

1640. Desesgaux, Poète gascon.

1667. Drulhe-Gravil (N. de), Ecuyer.

1689. Dumas, Doctrinaire.

1667. Dumay-Cahuzac, Conseiller.

1688. Dupuy-Dugrez (Bernard), Avocat.
Dupuy, Médecin.

1688. Faudri, Avocat au Parlement.

1640. Falguière, Avocat au Parlement.

1667. Fermat (Jean-François de), Conseiller au Parlement.

1667. Fermat (Samuel de), Conseiller au Parlement.

1667. Garaud (Jean-Georges), Seigneur de Donneville,
Président à mortier au Parlement de Toulouse.

1640. Garreja, Conseiller au Présidial.

1688. Guillemot, Abbé.

1689. Guillemot, Avocat.

1692. Hauteserre, Ecuyer.

1696. Héritier (Dlle L') de Villandon, Poète.

1692. Junquet, Commissaire de Marine.

1692. Labadie, Conseiller au Présidial.

1696. Laborie (Jean-Arnaud), Prêtre, Secrétaire de l'Académie en 1696.

1640. Lagarde.

1689. Lagny, Avocat.

1692. Laloubère (Simon de), Officier du Présidial.

1688. Lamoignon-Baville (de), Protecteur-Intendant du Languedoc.

1692. Larrieu, Avocat au Parlement.

1692. Loubassin (le R. P.), Religieux de l'ordre du Mont-Carmel.

1689. Lucas, Conseiller au Parlement.

1667. Maignan (Raymond), Minime.

1640. Malapeire père (de Vendages de), Conseiller au Présidial.

1667. Malapeire fils, idem.

1689. Marcel (Guillaume), Consul français.

1667. Marmiesse (Bernard de), Evêque du Couseran.

1688. Martel, Avocat au Parlement de Paris, Secrétaire des Lanternistes en 1688.

1689. Masade, Homme de Lettres.

1640. Massoc père, Avocat au Parlement.

1640. Massoc fils, Avocat au Parlement.

1667. Maury (Jean), Ecclésiastique.

1667. Médoux (Bernard), Conseiller au Présidial.

1692. Menograve de Chavirand (N.), Ecuyer (1).

1694. Mondran (Guillaume de), Trésorier de France.

1689. Montlaur, Trésorier de France.

1667. Montagut (Joseph de), Conseiller au Présidial.

1688. Montaudier (Jean de), Avocat au Parlement.

---

(1) Voir la note II à la fin du volume.

Date
de la réception.

1670. Nolet père (de), Trésorier de France.

1670. Nolet fils (de), Trésorier de France.

1692. Palaprat (Jean), Ecuyer, Poète (1).

1640. Palarin, Avocat au Parlement.

1689. Parisot (Nicolas de), Avocat célèbre.

1692. Pechandré (P.), Docteur-Médecin.

1640. Pélisson aîné (Georges-Pierre), Conseiller à la Cour souveraine de Bourg.

1640. Pélisson cadet (Paul), de l'Académie française.

1667. Praslin (Gilbert de Choiseul), Evêque de Comminges.

1692. Prevot, Avocat au Parlement.

1689. Regis (Pierre-Sylvain), Cartésien.

1688. Richebourg (de), Avocat au Parlement.

1688. Rocoles (de), Chanoine, savant théologien.

1640. Saintblancat (de), Archidiacre de Tarbes.

1689. Saint-Ussans (N. de), Ecclésiastique, Poète.

1702. Seré, Secrétaire des Lanternistes en 1702.

1689. Sevin, Abbé de Verdous.

1692. Tissier, Ecuyer.

1688. Tournier, Prieur de Clairvaux et Conseiller au Parlement de Toulouse.

1691. Vertron (Guyonet de), Académicien d'Arles, Historiographe du Roi.

1688. Villespassans (de), neveu de M. de Monrabe.

----

(1) Voir la note G à la fin du volume.

NOTES.

—

Note A , p. 27.

« Nous ne savons pas à quelle époque précise com-
» mencèrent les Palinods de Rouen et de Dieppe; nous
» savons seulement qu'ils existaient à la fin du quin-
» zième siècle. Une conclusion de l'Université de Caen ,
» de l'an 1446, ordonne de célébrer la fête de la Con-
» ception *more solito;* ainsi cette solennité eut lieu dès
» les commencements de sa fondation. Par une autre
» conclusion de l'an 1477, il paraît qu'on la célébrait
› avec un grand appareil; on y prononçait dès ce temps
» une harangue latine. On y *portait le pain béni avec*
» *instruments, flambart et armoiries*, dit le bonhomme de
» Bras ; on distribuait du vin aux professeurs et aux
» écoliers qui y assistaient , et on terminait la cérémo-
» nie par un repas académique. Le temps ne diminua
» rien de la magnificence de cette fête, car, en l'année
» 1524, l'Université ordonna de la célébrer *solemnius-*

» *que fieri poterit*, mais jusques-là on ne voit point de
» jeux poétiques.

» Leur établissement était réservé à l'époque de la
» renaissance des lettres en France, sous François Ier.
» Ce fut Jean Le Mercier, seigneur de Saint-Germain et
» avocat célèbre à Caen, qui, le 23 octobre de l'an 1527,
» proposa à l'Université l'établissement du Palinod, et
» offrit d'en faire les frais pour cette année. Ce corps
» académique accepta ses offres, et lui en témoigna sa
» reconnaissance en le nommant *Prince du premier*
» *Palinod*. Cette fonction consistait à présider l'assem-
» blée publique qui entendait la lecture des pièces, à
» les recevoir de la main des auteurs, à désigner les
» juges qui devaient prononcer sur leur mérite, et à
» distribuer les prix aux vainqueurs. Pour exciter les
» poètes au concours, Jean Le Mercier leur fit lui-même
» une invitation en vers, usage qui s'est perpétué jus-
» qu'à nos jours. Enfin, le premier Palinod eut lieu
» cette même année. On y présenta beaucoup de pièces
» grecques, latines et françaises, dit M. de Bras. Le
» premier prix d'épigramme latine fut une couronne
» estimée un écu d'or au soleil ; le chant royal eut une
» branche de laurier estimée 30 sols ; la ballade 20 sols
» et le rondeau 10 sols. Ces prix paraissent aujourd'hui
» d'une médiocre valeur ; mais il faut se reporter au
» temps de l'établissement, se rappeler que le blé, à
» cette époque, valait 2 sols le boisseau, et par consé-
» quent que l'auteur qui recevait une branche de lau-
» rier, ou 30 sols, recevait par là même la valeur de
» 15 boisseaux de blé. » (*Mém. hist. sur le Palinod de*
Caen, œuvre posthume de l'abbé de La Rue. —
Caen, 1841).

Note B, p 39.

Voici la liste des principaux ouvrages lus par Pélisson dans le sein de l'Académie castraise, depuis le 25 novembre 1648 jusqu'en l'année 1652, époque de son retour à Paris :

1º Stances spirituelles ;

2º Epitaphe latine sur la mort du maréchal de Gassion ;

3º Lettres latines à un ami ;

4º Stances chrétiennes imitées du Psaume XXXVII;

5º Remarques sur diverses devises par lui recueillies ;

6º Stances sur une jalousie;

7º Dialogue pour consoler une personne dont la sœur avait changé de religion ;

8º Sonnet contre les athées ;

9º Discours pour célébrer l'anniversaire de l'installation de l'Académie de Castres, — 25 novembre 1649;

10º Stances sur les yeux malades de sa maîtresse;

11º Stances sur un commencement d'amour;

12º Traduction en prose des Ier, IIe, IIIe et IVe livres de l'Odyssée, avec des remarques.

Note C, p. 48.

Les registres de Spérandieu nous ont conservé les titres des divers opuscules que Georges Pélisson composa

pour l'Académie castraise dont il fut aussi l'un des fondateurs.

En voici le détail :

1° Discours pour prouver qu'un prince ne doit pas
faire de la chasse son passe-temps ordinaire, — 17 décembre 1648;

2° Discours pour prouver qu'il est mieux de se faire
obéir à (*sic*) son domestique par la douceur que par la
crainte et par la violence, — 11 février 1649;

3° Remarques sur les poésies de Malherbe, — 4 mars
1649;

4° Harangues sur la durée de l'Académie, — 22
avril 1649;

5° Discours pour prouver la Divinité, par la sagesse
et par la providence qui paraissent en la création et
la conduite du monde et de ses principales parties, —
22 avril 1649;

6° Discours pour savoir lequel est le plus agréable à
la campagne, ou un bois, ou une rivière, ou une belle
vue, — 11 novembre 1649;

7° Sonnets, épigrammes et autres pièces sur divers
sujets, — 4 janvier 1650;

8° Discours pour prouver l'immortalité de l'âme par
la seule raison, — 22 février 1650;

9° Discours pour prouver, par raison naturelles, que
le monde n'est point éternel, mais qu'il a eu un commencement, — 5 avril 1650;

10° Remarques sur l'art d'aimer d'Ovide, — 21 juin
1650;

11° Epître en vers burlesques sur un bal de village,
— 22 novembre 1650;

12° Traduction des épîtres de Sénèque, — 22 avril 1651;

13º Discours à la louange des dames, — 30 juillet 1652.

14º Traité sur diverses expériences, faites par lui,
pour savoir s'il y a du vide dans la nature , — 1ᵉʳ juillet
1653;

15º Discours sur la véritable science, — 5 septembre
1656 (*Biographie castraise,* t. III, p. 53).

Note D, p. 78.

« Messieurs de Carriere sont trois frères, ... Ils
» ont baillé l'appartement le plus propre et le plus
» commode de leur belle maison , pour y tenir les
» Conférences Académiques; et comme des personnes
» peu judicieuses et plus passionnées pour le Faste et
» pour le Luxe, que pour le véritable mérite, ont osé
» avancer que ces Assemblées n'avoient aucun eclat,
» j'ay crû que je devois faire un leger crayon du
» *Musée,* qui a été consacré depuis plus de trois années
» à de si nobles exercices. C'est un plein-pié (*sic*) de bois
» de sapin, l'ambrissé (*sic*), orné de plusieurs pilastres,
» qui soutiennent de differentes voutes, et embelli de
» mignatures et de tableaux de la main de plusieurs
» fameux peintres de France et d'Italie : il a la veüe
» sur un très-beau jardin, rempli d'un très-grand
» nombre d'arbres fruitiers et de très-rares fleurs, et
» bordé de quaisses (*sic*) d'orangers , de citronniers et
» de limonniers. L'on voit au milieu de ce jardin un
» Bassin, où il y a un Trython qui vomit une grande
» quantité d'eau ; de sorte qu'il semble qu'on ait trouvé

» le secret de goûter dans un lieu si délicieux les dou—
» ceurs d'un printems continuel. » (P. 47 de la *réponse*
déjà citée p. 65.)

Note E, p. 83.

PLACET AU ROY SUR LES ISLES.

Favorable autrefois aux Chansons de ma Muse,
    Grand Roi, tu daignas m'écouter;
Et ce doux souvenir, dont mon ame est confuse,
    M'enhardit encor à chanter.
Tu sçais que par mes soins et mes ardentes veilles,
    Cet Obélisque si vanté,
De ton regne fameux consacra les merveilles
    A toute la Postérité ;
Qu'ayant gravé ton Nom au Temple de Mémoire,
    Tu tiras le mien de l'oubli ,
En versant dans mon sein un rayon de ta gloire
    Dont tout mon sang fut annobli.
Mais tu me fis grand tort, m'accordant cette grâce,
    Je n'en suis que plus malheureux ;
Car être Gentilhomme, et porter la Besace,
    Il n'est rien de si douloureux.
Ce vain titre d'honneur, que j'eus tort de poursuivre,
    Ne garantit pas de la Faim.
Je sçai qu'après la mort la gloire nous fait vivre,
    Mais, en ce monde, il faut du pain.
Je n'avois qu'un Domaine au Rivage du Rhône,
    Qui m'en donnoit pour subsister;

On veut m'en dépoüiller, et me mettre à l'aumône ,
    Si je n'ai de quoi l'acheter.
J'ai donc tout mon recours à ta bonté suprême ;
    Mais si l'on me met en procès,
Pourvu que ton grand cœur en décide lui-même ,
    J'en dois peu craindre le succès.
Qu'est-ce en effet pour toi , Grand Monarque des Gaules ,
    Qu'un tas de sable et de gravier?
Que faire de mon Isle? Il n'y croît que des saules ,
    Et tu n'aimes que le Laurier.
Egalement puissant , dans la paix , dans la guerre ,
    Comblé de gloire et de bonheur,
Maître d'un grand Etat , quelques arpens de terre
    Te rendront-ils plus grand Seigneur?
Laisse m'en donc joüir, la faveur n'est pas grande ;
    Ne me refuses pas ce bien ;
C'est tout ce qu'aujourd'hui mon Placet te demande ;
    Grand Roi , ne me demandes rien.

Note F, p. 85.

Voici le titre de quelques brochures relatives à la querelle survenue entre les membres des Jeux-Floraux et les Lanternistes.

Les Jeux-Floraux, cela devait être, commencèrent la guerre par un *Mémoire* que les mainteneurs publièrent *en 1689, contre l'établissement d'une Académie de Belles-Lettres à Toulouse.*

Nous n'avons pas pu retrouver ce mémoire ; nous le citons d'après les *Mémoriaux* de M. de Méja.

*Lettre de M. de Vertron, conseiller historiographe du roi,
écrite le 1er mai 1691, à M. le ......*

Nous ne connaissons de cette lettre, écrite à un Lanterniste, que le passage suivant cité dans le *Factum* dont nous allons parler tout à l'heure :

« Mais M. de Vertron dans sa lettre fait voir fort in
» génieusement que les Jeux-Floraux ne sont qu'un
» amusement puéril; que néanmoins on pourrait en
» les conservant, avec tous les membres qui les compo
» sent, les joindre à une Académie de Belles-Lettres, et
» de cette manière en augmenter l'éclat et l'utilité sans
» choquer leurs mainteneurs. »

---

*Factum pour l'établissement fixe d'une Académie de Belles-
Lettres dans la ville de Tolose.*

Sans lieu , ni date (1693 ?) , sans nom d'auteur, sans frontispice même. In-8º de 39 pages.

Ce factum, copié en entier dans les *Mémoriaux* de M. de Méja, prouve que son auteur était Lanterniste. Deux points y sont vivement discutés, savoir : la non-existence de Clémence-Isaure, et en second lieu, la demande d'une allocation prélevée sur les 1,400 livres dépensées par la ville, chaque année, pour le repas de Messieurs les mainteneurs, allocation destinée à payer les prix proposés par Messieurs des Conférences Académiques, et à couvrir les frais indispensables pour la tenue de leurs séances ordinaires.

Réponse à des Mémoires qui ont paru contre l'établissement d'une Académie de Belles-Lettres dans la ville de Toulouse (V. la note p. 65).

C'est à l'aide de cet ouvrage (1) que M. de Méja a formé, en partie, les deux volumes in-4° manuscrits qui existent à la bibliothèque de Toulouse ; et c'est à ces deux sources que j'ai puisé les éléments historiques que je viens de mettre en œuvre.

On pourrait ajouter à cette liste les deux volumes imprimés en 1692 et 1694 par les Lanternistes (V. la notule, p. 51), dont les préfaces contiennent, il est vrai, des considérations générales relatives à l'établissement fixe d'une Académie à Toulouse, mais dont les termes ne s'écartent jamais des règles de la politesse et de la bienséance.

Une pièce de vers, une fable, dont nous ignorons l'auteur, contient seule quelques vers épigrammatiques contre les Jeux-Floraux ; les voici :

CLIO.

. . . .

Je serais donc, hélas ! autorisée !
Comme Nîmes, Toulouse auroit son ornement ;
Mais une Muse injustement
A mon bonheur s'est opposée
Avec beaucoup d'empressement !

---

(1) L'exemplaire que nous avons consulté, le seul que nous connaissions, appartient à la Bibliothèque de Toulouse.

CALLIOPE.

Quoy? Clémence, autrefois Muse de cette ville,
Aussi vieille qu'une sybille,
Qui dans un an ne parle qu'une fois,
Moitié gascon, moitié françois,
De ton dessein s'est alarmée?
Elle devrait être charmée
Que l'on instruisit ses Ghascons (*sic*),
Et, qu'en corrigeant ses chansons,
L'on augmentât sa renommée!

CLIO.

Un soupçon fait tout ce tracas :
Je n'ay jamais souhaité son trépas!
Bien loin de là, je respecte son âge;
Mais elle craint qu'on ne partage
Le talent qu'elle mange en deux ou trois repas
Pour l'appliquer à mon usage !
Mais cette bonne vieille a tort;
Pour une Muse elle est trop ombrageuse :
Je ne suis pas une mangeuse,
Qui me connaît en tombera d'accord.
Le Jardin, le Portique, et le feu qu'on me prête,
Font tout mon appareil et ma plus grande fête.
De la façon que je vis aujourd'huy
Je ne suis pas l'odeur de sa marmite,
Et ma dépense est trop petite
Pour la faire du bien d'autrui.

Recueil de 1692 (1 .

------

(1) Voir la note I à la fin du volume.

Note G, p. 89 et 92.

J'aurais désiré retrouver, tout ou partie des ouvrages présentés aux Conférences Académiques par Campistron et Palaprat ; malheureusement la mort empêcha M. de Méja de compléter ses *Mémoriaux* et de donner, comme il l'a fait pour plusieurs Lanternistes, la table des travaux de ces deux célèbres toulousains. Il n'en est pas fait mention non plus dans les recueils de 1692 et 1694 que je possède.

Note II, p. 91.

Menograve de Chavirand, étant employé dans les finances de la province du Languedoc, fut accusé de malversations et emprisonné d'abord à Toulouse, et ensuite au Grand-Châtelet de Paris ; il y resta plus de dix ans, et recouvra enfin la liberté.

On a de cet auteur :

1° *Diverses poésies* dédiées à Mgr. Joseph de Montpezat de Carbon, archevêque de Toulouse. — Toulouse, Jean Boude le jeune. 1686, in-4° de 14 feuilles.

A la fin de la pièce intitulée : *Paraphrase du Te Deum, Prières pour le Roy,* se trouve le quatrain suivant qui donne une médiocre idée de la fortune que ce concussionnaire avait faite dans les finances du Languedoc :

CONGÉ A MES VERS.

Allez, mes chers enfants, vous présenter au Roy,
Heureux si vous avez le bonheur de luy plaire :
   Faites ce voyage pour moy,
   Car je n'ay pas de quoy le faire.

2° *Le Papillon.* Toulouse, J. Boude le jeune. 1685, in-4° de 3 feuilles. Petit poème faussement attribué à Chaubard.

3° *Sonnet au Roy sur le passage du Rhein* (sic).

4° *Sonnet à Nos Seigneurs les Commissaires des Etats de la province de Languedoc. S. L. N. D. In-4°.*

Voici quelques strophes touchantes du poème *le Papillon*, composé pendant la captivité de l'auteur :

Aimable papillon, quel soin te sollicite
D'entrer dans ces prisons pour nous rendre visite?
On ne vient pas ici pour y cüeillir des fleurs,
Il en naît dans les champs de toutes les couleurs.
Vas ailleurs si tu veux, que ton pied se repose
   Sur un lys ou sur une rose.
Vers ces lieux renfermés ne prends plus ton chemin
Quand tu voudras flairer l'œillet ou le jasmin.
On ne trouve en ces lieux, où tout nous inquiète,
   Pas une pauvre violette.
L'ortie, ô papillon, germe ici sous nos pas,
Et quant aux belles fleurs elles n'y naissent pas.

Mais qu'on doit admirer l'auteur de la nature,
   Sa liberté, sa bonté toute pure !

Partout il est pour tous la source de tout bien ;
C'est l'auteur de ton estre, il l'est aussi du mien.
Il fit en te faisant une fleur des plus belles !
Il t'a pourvu d'une ame, il t'a donné des aîles ;
Tu franchis le haut mur qui nous sert d'horizon ;
Ainsi viennent les fleurs jusqu'à notre prison.
Délice de mes yeux, belle fleur animée,
Innocente beauté dont mon âme est charmée,
    Arreste un peu ton vol ici,
Donne quelques moments à mon tendre soucy.

. . . .
. . . .

Voy le fonds de mon cœur et toute ma tendresse,
Considère à quel point pour toi je m'intéresse.
Peut-estre qu'en ces lieux tu n'as pas dû venir ;
Hélas ! et que sçait-on ? on t'y peut retenir.
Jamais la calomnie insultant l'innocence
Ne manque d'observer quelque fausse apparence.
On t'a veu mille fois, d'un vol prompt et léger,
Entrer dans un jardin ou dans un beau verger,
T'y promener long-temps en maître du domaine
Et de toutes les fleurs humer la douce haleine.
Innocent papillon, qu'en voilà bien assez
Pour te faire en ce temps un terrible procès !
Il gâte, dira-t-on, les fleurs quand il les touche,
Sur leur teint délicat il imprime sa bouche ;
Il en suce l'esprit le plus pur, le plus doux,
Il ne reste après luy qu'un peu d'odeur pour nous :
De là vient que ces fleurs dont la terre est parée
Avec un peu d'éclat ont fort peu de durée,
Que la rose surtout accuse le destin
De ce que sa fraîcheur ne dure qu'un matin ;
Le papillon la baize, elle tombe effeüillée,
Il cache un noir venin sous son aîle émaillée ;

Pour délivrer nos champs d'un si triste malheur
   Arrêtons cet empoisonneur.

. . . .
. . . .
. . . .

De l'argent, ô mon cœur, tu sçais ce que j'en aime,
Que mon amour en luy ne cherche qu'un emblême,
La candeur, l'innocence et la sincérité
Ont cent fois plus que luy de prix et de beauté.
J'aime d'un papillon son innocente vie,
Il n'a point l'art de nuire, il n'en a pas l'envie.
La mouche est importune, et salit en tous lieux
Ce qu'on a de plus rare et de plus précieux;
Malgré ton beau brillant, cantharide dorée,
Ton odeur est de tous justement abhorrée;
Ce n'est pas sans sujet qu'on craint le moucheron;
Si l'abeille a du miel elle a son piqueron.
On voit le papillon, épuré de ces vices,
Voler de tous côtez sans armes ni malices,

. . . .
. . . .
. . . .

Mon cher s'en est allé secondé du zéphire,
Et tel pour m'insulter se prépare à me dire :
Prisonnier, dis-le vray, tu voudrais aujourd'huy
Devenir papillon et t'enfuir comme luy.
Quel crime ay-je commis, dont l'importune suite
M'ordonne de chercher mon salut dans la fuite!
Je me confie en Dieu, dont le throne est aux cieux
Et dont la Providence est toute pleine d'yeux;
Il voit mon innocence, il brisera ma chaîne;
Où le crime n'est pas, il n'y veut point de peine.

Note I, p. 102.

Ce recueil contient une épître que nous croyons devoir tirer de l'oubli, non-seulement parce qu'elle nous représente l'état de la poésie à Toulouse à la fin du dix-septième siècle, mais surtout parce qu'elle est dédiée à M. de Malapeire, cet infatigable Lanterniste qui vit naître et mourir les éphémères Académies auxquelles il s'était si généreusement dévoué.

Epître à **M. DE MALEPEIRE**, *conseiller au Présidial.*

Illustre Malepeire, ami tendre, éclairé,
Qui des erreurs du siècle as l'esprit épuré,
Et qui ne blasmes pas ceux qu'une heureuse audace ,
Par de nobles sentiers , conduit sur le Parnasse ;
Sur ces côteaux sacrés guide mes pas tremblans ,
Et rassure en mon cœur mes désirs chancelans.
J'étois fort jeune encor, lorsqu'avide de gloire
J'osai faire la cour aux filles de Mémoire ,
Et que je méprisay ces thresors passagers ,
Que le Pérou nous vend au prix de cent dangers ;
Mais le peuple , entété de la seule richesse ,
Rebute les amans des nimphes du Permesse ,
Et parle avec mépris de ces divins concerts
Qui tirerent jadis nos ayeux des deserts.

Ces discours, je l'avoue, ebranlent mon courage :
Semblable au matelot, qui proche du rivage
Si des vents irritez il se trouve agité,
Revient quoiqu'à regrêt au-port qu'il a quitté;
Je me laisse gagner aux erreurs du vulgaire.
J'ay souvent condamné mon ardeur téméraire,
Et contraint de céder à la foule des sots,
J'ay tourné mes désirs vers un lache repos.
  Toy du haut d'Hélicon qui vois que je m'égare,
A mon frêle vaisseau daigne servir de phare ;
Et malgré tant d'écueils fais qu'au gré de mes vœux
J'aborde des neuf sœurs les rivages heureux !
Là tu me montreras sur les bords d'Hypocrène,
Calliope, Uranie, Erato, Melpomène,
Et leur frère Apollon, couronné de lauriers,
Qui célèbre Loüis et ses travaux guerriers ;
Là tu me feras voir et Catulle et Virgile,
Et celui qui chanta le prompt courroux d'Achile,
Flaccus, le tendre Ovide, et notre grand Ronsard,
Et le sage Malherbe, et le piquant Maynard,
Honneur de nos climats, dont les antres sauvages
Resonnoient du récit de ses doctes ouvrages.
Mais quels charmes pour moy quand dans ce beau vallon
J'aborderai Moschus, Theocrite et Bion !
  O chantres fortunez de qui la mélodie
Fit honte au flageolet du grand Dieu d'Arcadie,
Et toy, docte Maron, qui marchant sur leurs pas
As affranchi comme eux ta gloire du trépas,
Si j'ose quelquefois enfler vôtre musète,
Pardonnez aux efforts de ma verve indiscrête,
Et souffrez qu'en ces bois, pour flechir ma Philis,
J'entonne les chansons que vous fites jadis.
Je quitte pour jamais, chantre obscur et rustique,
Le dessein d'emboucher la trompette héroïque :

Assez d'autres sans moi, d'un stile audacieux,
Grand Roy, te placeront à la table des Dieux,
Verseront à longs flots le nectar dans ta coupe,
Et te feront régner sur la celeste troupe.

   Pour moi, dans ces climats où je receus le jour,
Sans autre passion que celle de l'amour,
Sous des feüillages verds au bord de nos fontaines,
A loisir je dirai mes plaisirs et mes peines;
Je ne rougirai point de chanter les troupeaux,
Les champs et les forêts, les prés et les ruisseaux,
Le chant des rossignols, l'amour des tourterelles,
De Ménalque et d'Iris les galantes querelles,
Des bergers innocens les rustiques chansons
Qu'une feste rassemble en nos sombres vallons;
Et si les Déïtéz des monts de Thessalie,
De mes jeunes désirs approuvent la saillie,
Les beaux lieux où nâquit le tendre et dous Segrais,
Seront jaloux du sort de nos sombres forêts.

   Aux premiers aiguillons de cette belle flamme,
Que la docte Uranie alluma dans mon âme,
Sans cesse je formois mille desseins hardis :
Bientôt j'osois chanter la gloire de Loüis,
Et faible emulateur de Virgile et d'Homére,
Je noyois l'Hollandois, j'humiliois l'Ibére,
Et peignois près du Rhin de plus nobles combats
Que ceux qu'au bord du Xante on fit pour Ménélas :
Tantôt prenant en main la lyre de Malherbe,
Je renversois les murs de Memphis la superbe,
Et foüillant les replis du tenebreux destin,
Je promettois Bisance aux exploits du Dauphin.
Souvent en vers pompeux j'étalois sur la scène,
Etéocle et son frère, et leur fatale haine,
D'Œdipe infortuné l'incestueuse erreur,
Iphigénie en pleurs, ou Médée en fureur :

Mais dans ces hauts projets ma verve languissante
Ne répondoit jamais à ma superbe attente.
Et comme aux jeux du Cirque un jeune champion,
Dont un peu de laurier tente l'ambition,
S'avance fièrement au bord de la barrière,
Et mesurant de l'œil cette immense carrière,
Abandonne confus à ses nombreux rivaux
La couronne promise à leurs nobles travaux ;
De même un juste éfroy glaçant ma foible veine,
Je détournois mes pas des rives d'Hypocrène.
Que faire cependant ? car toûjours dans mon cœur
Je sentois de rimer l'insurmontable ardeur :
Il fallut se borner à des airs plus champêtres,
Et du matin au soir assis au pied des hêtres
J'enseignois les rochers, les plaines et les monts
A redire après moi mes rustiques chansons.
Pour toy que les neufs sœurs dès l'enfance adopterent,
Et de l'onde sçavante à long traits abreuverent,
Tu ne pousses jamais d'inutiles soupirs,
Et toûjours Melpomène exauça tes désirs.
Sois toûjours favori des Nimphes du Parnasse,
Mais du rang le plus haut, où leur faveur te place,
Ne laisse point mes pas errer à l'abandon,
Et montre-moi de loin la route d'Hélicon.

FIN DES NOTES.